Ehekrise vor der Trauung

Eine Tragikomödie in fünf Morden

(Theaterstück)

AF221358

Michelle Krabinz

Michelle Krabinz wurde 1994 in Köln geboren und fühlte sich schon in ihrer Jugend zur Kunst des Schreibens hingezogen. Obwohl sie viele Kurzgeschichten und Märchen schrieb, dachte sie bis zu ihren frühen „zwanziger Jahren" nie darüber nach, eine professionelle Schriftstellerin zu werden.

Seitdem hat sie sowohl eine große Begeisterung für verschiedene Arten von Kunst entdeckt, als auch den Wunsch, ihre diversen Geschichten und fantastischen Welten mit anderen Leuten zu teilen.

Bei der Tragikomödie „**Ehekrise vor der Trauung**" handelt es sich um ihr erstes Theaterstück, in welchem sie zum einen den chaotischen Stress einer umfangreichen Hochzeitsplanung und zum anderen die Irrungen und Wirrungen während der Corona-Krise verarbeitet.

Dabei ist anzumerken, dass keine der im Theaterstück vorkommenden Personen einer realen Person entspricht. Jegliche Ähnlichkeiten zu realen Personen sind somit absolut unbeabsichtigt und rein zufällig vorhanden (das gilt natürlich besonders für die Schwiegermütter).

Außerdem entsprechen die von den Theaterfiguren geäußerten Meinungen und Ansichten keinesfalls denen der Autorin. Jegliche Äußerungen, welche als rassistisch, sexistisch oder diskriminierend verstanden werden könnten, dienen lediglich dazu, die Meinungen der fiktiven Figuren zu vertreten und sollen in keiner Weise beleidigend oder verletzend wirken.

Des Weiteren ist die Schilderung der Corona-Krise in diesem Theaterstück teilweise überspitzt und ins Abstrakte gesteigert, um der Spannung und Dramatik zu dienen. Somit entsprechen die Äußerungen und Informationen zur Pandemie nicht immer der Realität und sollten nur im dramaturgischen Kontext dieses Theaterstücks betrachtet werden.

Ehekrise vor der Trauung

Eine Tragikomödie in fünf Morden

Michelle Krabinz

Tiff & Toff Taschenbuch 021

Die Deutsche Nationalbibliothek verzeichnet diese
Publikation in der Deutschen Nationalbibliografie;
detaillierte bibliografische Daten sind im Internet über
http://dnb.dnb.de
abrufbar.

Herstellung und Verlag:
BoD – Books on Demand, Norderstedt
ISBN: 978-3-7519-9438-5

Personen

Anne Richter	*Braut*
Hans Pfeiffer	*Bräutigam*
Hannelore	*Mutter der Braut*
Dieter	*Vater der Braut*
Liselotte	*Mutter des Bräutigams*
Frank	*Vater des Bräutigams*
Melanie	*Trauzeugin der Braut*
Horst	*Trauzeuge des Bräutigams*
Jonas	*Bruder der Braut*
Thomas	*Bruder des Bräutigams*
Pastor Hubert	
Bibi	*Blumenmädchen 1*
Bianca	*Blumenmädchen 2*
Fleischer	
Bäcker	
Friseurin	*der Braut*
Friseurin	*des Bräutigams*
Visagistin	*der Braut*
Nachbar	
Bürgermeister	
Standesbeamtin	
Restaurantbesitzer	
Fotograf	
Florist	
Herr Schlosser	*Schlosser*
Polizist 1	
Polizist 2	
Notarzt	
DJ	

1. Mord

Wohnzimmer des jungen Brautpaares. Moderne Einrichtung. In der Mitte ein Esstisch mit Glasplatte, vier unbequeme Stühle und eine Blumenvase mit frischen Rosen in der Mitte des Tisches. Rechts eine Tür zu weiteren Räumlichkeiten, links die Wohnungstür. An der Rückwand eine Wanduhr, ein großer Fernseher mit Wandhalterung, ein DVD-Regal und zwei gemütliche Sessel. An der rechten Wand ein kleines Bücherregal. Links eine leicht vertrocknete Zimmerpflanze und ein kleines Holztischchen mit Telefon.

Es klingelt an der Wohnungstür.

Anne *kommt durch die rechte Tür geeilt und läuft hastig nach links zur Wohnungstür. Ihre Haare sind mit einem Handtuch bedeckt, da sie offensichtlich gerade geduscht hat. Sie öffnet die Wohnungstür und tritt mit* **Hannelore** *ins Wohnzimmer.*

HANNELORE Habe ich dich gestört, Liebes?

ANNE Nein, nein. Ich hatte nur noch nicht mit dir gerechnet …

HANNELORE Bin ich zu früh? *(schaut auf ihre Armbanduhr)* Bei mir ist es genau 12 Uhr. *(schaut zur Wanduhr)* Eure Uhr geht fünf Minuten nach.

ANNE Ich bitte dich!

HANNELORE Pünktlichkeit war noch nie deine Tugend.

ANNE Musst du jetzt wirklich *damit* anfangen?!

HANNELORE Wenn nicht jetzt, wann dann? Zu deiner Hochzeit möchtest du immerhin pünktlich kommen, oder nicht?

ANNE Die Hochzeit ist erst in drei Wochen!

HANNELORE Erst?? Schon! *Schon* in drei Wochen. Die Zeit verrennt, das kann ich dir sagen. Und Gewohnheiten ändern sich nicht so schnell. Also solltest du lieber jetzt bereits anfangen, deine Pünktlichkeit zu trainieren …

ANNE Ich habe jetzt keine Zeit für sowas. Ich muss bald los.

HANNELORE Wie? Ich dachte, wir gehen zusammen shoppen.

ANNE   Ja, später. Erst muss ich meine Brautschuhe abholen.

HANNELORE Ich dachte, die hast du längst.

ANNE   Ja, ich habe sie gekauft. Aber sie mussten noch geändert werden, also muss ich sie jetzt abholen. Und der Schuster macht um 12^{30} Uhr Mittagspause.

HANNELORE Das ist in 28 Minuten!

ANNE   Genau. Deshalb muss ich ja gleich los.

HANNELORE Soll ich dich fahren?

ANNE   Bei deinem Fahr-Stil kommen wir nie pünktlich …

HANNELORE Keine Widerrede. Und nun mach dich fertig, damit wir loskönnen. Sonst wird's knapp.

ANNE   *(leise)* Knapp war es schon, bevor du kamst …

*Anne verschwindet nach rechts durch die Tür. **Hannelore** betrachtet unterdessen mit kritischem Blick die Einrichtung und geht dann zu der vertrockneten Zimmerpflanze hinüber.*

HANNELORE Du solltest deine Pflanzen öfter gießen.

ANNE   *(aus dem Bad)* Was ist?

HANNELORE Nichts, nichts.

ANNE   *(lauter)* Wen willst du erschießen?

HANNELORE Dich, wenn du dich nicht besser um deine Pflanzen kümmerst. Meinen grünen Daumen habe ich dir wohl nicht mit in die Wiege legen können …

Anne kommt ins Wohnzimmer gelaufen, nun ohne Handtuch auf dem Kopf und mit Pferdeschwanz. Sie sieht ihre Mutter bei der Zimmerpflanze, verdreht die Augen und rennt wieder weg.

HANNELORE Bist du bald fertig?

ANNE   *(aus dem Off)* Ja, ja! Ich hole nur schnell meine Jacke.

HANNELORE Zu welchem Schuster müssen wir überhaupt?

ANNE Dem in der Innenstadt. Neben dem Buchladen.

HANNELORE Also *dann* müssen wir nun aber *wirklich* los! Die Parkplatzsituation ist in *dem* Stadtteil immer grauenvoll. Und der Verkehr dürfte um diese Uhrzeit ebenfalls nicht gerade hilfreich sein …

Anne kommt erneut ins Wohnzimmer gerannt, nun mit Jacke und fertig zum Abfahren. In diesem Moment klingelt es an der Tür.

HANNELORE Erwartest du noch jemanden?

ANNE Nein! *(rennt nach links zur Wohnungstür)* Ach, Hans! Du bist's. Wieso klingelst du denn?

HANS *(mit Anne ins Wohnzimmer tretend)* Ich habe meinen Haustürschlüssel verloren.

ANNE *(panisch)* Was??

HANNELORE Dann müsst ihr sofort das Schloss austauschen lassen! Sonst könnte der Dieb …

ANNE Es hat niemand von einem Diebstahl gesprochen.

HANS Vielleicht habe ich ihn ja hier liegen lassen …

ANNE Hoffen wir's! Ich kann dir leider nicht beim Suchen helfen. Wir müssen jetzt zum Schuster, meine Schuhe abholen.

HANS Der macht doch gleich Mittagspause …

ANNE Genau! Also … Kommst du, Mutter?

HANNELORE Natürlich! *(zu Hans)* Aber wenn du den Schlüssel nicht wiederfindest, rufst du gleich den Schlosser an.

HANS *(genervt)* Ja, ja …

ANNE Mutter!

HANNELORE Ich komme doch!

Anne und Hannelore eilen nach links und verschwinden mit einem lauten Knallen der Tür. Hans seufzt, schüttelt den Kopf, legt seine Jacke ab und verschwindet nach rechts durch die Tür in eines der

Nebenzimmer. Kurz darauf kommt er zurück und durchwühlt die Taschen seiner Jacke. Anschließend stellt er das ganze Wohnzimmer bei der Suche nach seinem Türschlüssel auf den Kopf, bis er bei der vertrockneten Zimmerpflanze ankommt.

HANS *(zur Pflanze)* Du könntest mal wieder etwas Wasser gebrauchen ... Aber erst muss ich diesen verdammten Schlüssel finden!

Hans *eilt nach rechts aus dem Bild. Es sind laute Flüche, das Klirren von Glas, sowie andere Such-Geräusche zu hören. Nach einigen Sekunden des ergebnislosen Suchens klingelt es an der Wohnungstür.*

HANS *(aus dem Off)* Auch das noch! *(kommt ins Wohnzimmer gerannt)* Wenn das wieder so ein blöder Vertreter ist ... *(öffnet die Wohnungstür)* Oh! Melanie ...

MELANIE Störe ich?

HANS Nein, nein ... Öhm ... Komm rein.

Hans *tritt mit* **Melanie** *ins Wohnzimmer. Sie trägt einen kurzen Rock, eine tief ausgeschnittene Bluse und High Heels. Ihre Haare sind gestylt, die Nägel lackiert und der leuchtend rote Lippenstift nicht zu übersehen.*

MELANIE Ist Anne gar nicht da?

HANS Hm? Oh. Nein. Sie ist beim Schuster.

MELANIE In der Innenstadt? Hat der nicht ab 12^{30} Uhr Mittagspause?

HANS Doch, doch. Sie ist aber schon seit einer Weile weg, also hat sie es vielleicht noch geschafft.

MELANIE Dann müsste sie ja bald zurück sein.

HANS Ja. Nein! Ich meine ... Sie wollte wohl mit ihrer Mutter einkaufen... Zumindest sind die beiden zusammen weg ...

MELANIE Ach so. Na, wenn die zwei shoppen sind, kann das dauern. Hannelore redet immer so viel.

HANS *(nervös lachend)* Ja. Stimmt. *(wirft einen Blick auf Melanies Ausschnitt und guckt schnell wieder weg)* Tja … Möchtest du trotzdem warten?

MELANIE Och, ich will dich nicht stören. Ich war nur zufällig in der Gegend und wollte Anne kurz fragen, ob sie spezielle Wünsche für ihr Strumpfband hat.

HANS *(sichtlich überfordert)* Strumpfband??

MELANIE Ja. Für die Hochzeit. Du weißt schon … Ich bin doch ihre Trauzeugin, also kaufe ich das Strumpfband für sie. Das wird dann bei der Feier versteigert.

HANS Versteigert? Wieso denn das?

MELANIE Na, zum Spaß natürlich! Außerdem ist das Tradition. Aber keine Sorge – du kannst es zurückkaufen. *(grinst)* Dann kannst du es ihr in der Hochzeitsnacht selbst nochmal mit den Zähnen ausziehen.

HANS *(verlegen)* Mit den Zähnen?

MELANIE Klar! Das macht am meisten Spaß. Deshalb überhaupt die Versteigerung. Weißt du das gar nicht? Derjenige, der das Strumpfband ersteigert, zieht es der Braut mit den Zähnen aus.

HANS Oh! Das … aber … Du meinst, jemand anderes …? Irgendein Gast von der Feier …? Mit den Zähnen?!

MELANIE Nun hab dich nicht so! Sie zieht das Kleid ja nur langsam ein wenig hoch – nicht aus. Diese Freude bleibt dir vorbehalten. *(zwinkert ihm zu)* Wir passen schon auf, dass dir die Braut nicht abhandenkommt. Außer bei der Braut-Entführung natürlich.

HANS *(seufzend)* Muss das denn sein?

MELANIE Sei kein Spielverderber! Sowas macht doch Spaß.

HANS Den Entführern vielleicht … Aber ich muss überall nach Anne suchen und dann sogar die Zeche zahlen. Wo liegt da bitte der Spaß?

MELANIE Nun sei mal nicht so spießig. Anne wird sicherlich Spaß haben. Und du kannst es dir ja leisten.

HANS Ein bisschen Geld hätte ich gerne für die Flitterwochen übrig. Die Hochzeit kostet schon ein Vermögen. Und wenn ich dann das Strumpfband zurückkaufen muss …

MELANIE Musst du ja nicht. Und bei der Hochzeit an sich werden sich ihre und deine Eltern doch wohl beteiligen, oder?

HANS Ja, das schon …

MELANIE Na, siehst du! Hätte mich auch gewundert, wenn Hannelore solche Traditionen missachtet. Immerhin wollte sie Anne unbedingt das Kleid kaufen. Oh! Apropos … Die Brautschuhe hat sich Anne aber selber gekauft, oder?

HANS Öhm … Ich glaube schon …

MELANIE Gut. Das ist nämlich ebenfalls eine Tradition. Zwar hat sie vermutlich nicht seit ihrer Kindheit das nötige Kleingeld dafür gesammelt, aber selbstgekauft ist das Wichtigste – der Wille zählt!

HANS Sind diese ganzen Traditionen nicht völlig übertrieben?

MELANIE Höre ich da eine leichte Genervtheit heraus? Du hast doch nicht etwa schon vor der Ehe genug von deiner geliebten Braut, oder?

HANS Nein, das nicht. Ich halte es nur für albern, so ein Aufhebens um die Hochzeit zu machen. Die Planung und Organisation sind stressig genug. Da möchte ich mir nicht ständig Gedanken machen, dass ich das Brautkleid nicht sehen darf und so …

MELANIE Na, aber du willst doch kein Unglück in der Ehe haben, oder? Denn genau das bringt es, wenn der Bräutigam seine Braut heimlich vorher beäugt. Das Kleid darfst du erst zur Trauung sehen – basta!

HANS Aber ich kenne Anne! Ich weiß, wie sie aussieht! Stammt dieser Brauch nicht aus der Zeit, wo die Eheleute sich erst zur Trauung das erste Mal begegnet sind? Wo der arme

Bräutigam den Schleier erst anheben und seine Braut sehen durfte, nachdem er ja gesagt hatte?

MELANIE Was heißt denn hier ‚der arme Bräutigam‘? Es wäre immerhin völlig oberflächlich, die Braut sitzen zu lassen, nur weil sie nicht bildhübsch ist.

HANS So meinte ich das doch gar nicht …

MELANIE Das will ich schwer hoffen! Ich würde nämlich nie zulassen, dass Anne sich mit einem Frauenfeind verheiratet.

HANS Ich bin nicht frauenfeindlich!

MELANIE Gut. Dann hast du ja nichts zu befürchten. *(boxt ihm gegen die Schulter)* Außerdem will Anne ja auf einen Schleier verzichten. Also brauchst du keine Angst haben, dass du aus Versehen die Falsche heiratest. *(lacht)*

Das Telefon klingelt.

HANS Oh. Entschuldige. Darf ich kurz …?

MELANIE Klar, geh ruhig ran. Vielleicht ist es ja Anne …

HANS Ja, vielleicht. *(eilt zum Telefon und geht ran)* Hallo? … Wer? … Ach so … Ja … Ja, genau. Hans Pfeiffer hier. Sie rufen wegen der Musik an, oder? … *(guckt entschuldigend zu Melanie und läuft um den Wohnzimmertisch herum)* Ja, das ist richtig … Wir haben alles als MP3- Dateien auf einem Stick … Ich könnte es Ihnen auch auf CD brennen, wenn Sie … Bitte? … Ach so … Alles nur noch digital … Ich verstehe … Sie als DJ kennen sich ja aus. *(lacht)* Ja, in Ordnung. Soll ich den Stick per Post …? … Hm? … Dropbox? … Ach so, das geht natürlich schneller … Wenn Sie meinen. Dann schicke ich Ihnen die MP3-Dateien nachher auf digitalem Wege … Gut … Danke. Tschüss. *(legt auf und dreht sich zu Melanie)* Sorry. Unser DJ hatte noch ein paar Fragen zur Liederauswahl …

MELANIE Kein Problem. Anne und du habt momentan bestimmt viel zu organisieren.

HANS Das kann man wohl sagen! Ich hätte mir das Heiraten nie so kompliziert vorgestellt …

MELANIE *(lacht)* Man bemerkt eben erst, wie viel Aufwand dahintersteckt, wenn man selbst an der Reihe ist.

HANS Das stimmt. Ich habe das vorher nie ernst genommen, wenn irgendwer sich beschwert hat, was für ein Organisations-Aufwand hinter so einer großen Feier steckt, aber jetzt …

MELANIE Sowas muss man immer selbst erfahren, um es nachvollziehen zu können.

HANS Anscheinend …

MELANIE Tja, ich muss dann mal los. *(wendet sich zur Wohnungstür)* Du kannst Anne ja ausrichten, weshalb ich hier war.

HANS Öhm …

MELANIE Strumpfband! Remember?

HANS Ach ja. Genau …

MELANIE *(kopfschüttelnd)* Kurzgedächtnis wie ein Sieb, was? Solange du deinen Hochzeitstag nicht vergisst … *(wirft einen Blick auf den Tisch)* Immerhin hast du anscheinend dran gedacht, Anne zum Valentinstag Rosen zu schenken.

HANS Ich bin nicht vergesslich! Außerdem bringe ich Anne öfter mal Blumen mit …

MELANIE Na, das wirst du hoffentlich nach dem ‚Ja' auch weiterhin machen. Oder bist du so einer, der sich als Ehemann plötzlich gehen lässt?

HANS Natürlich nicht!

MELANIE Sehr schön. Also dann … Grüß Anne von mir! *(wendet sich nach links ab)*

HANS Mache ich.

Hans bringt Melanie zur Tür, wobei er einen Blick auf ihren kurzen Rock wirft. Melanie geht durch die Wohnungstür ab. Hans kommt zurück ins Wohnzimmer, ist kurz ratlos und führt dann die Suche nach seinem Schlüssel fort. Er stellt ein weiteres Mal das Wohnzimmer auf den Kopf, bevor er wieder nach rechts verschwindet, wo er seine Suche laut fluchend fortführt.

Das Telefon klingelt.

Hans kommt zurück ins Wohnzimmer gelaufen. Er eilt zum Telefon, atmet einmal kurz durch und geht dann ran.

HANS Ja bitte? … Hm? … Ja, Hans Pfeiffer hier … Wer? … Ach so. Ja … Die Blumen? Wieso? Ich dachte, das hätten wir bereits …? Was? … Oh. Das ist … Aber warum blühen die denn dieses Jahr später? … Klimawandel? … Ja, ich habe mitbekommen, dass das Wetter sich verändert … Ja … Hm. Das ist … Ja … Aha …

Von links erklingen Türgeräusche. Die Wohnungstür wird geöffnet. Anne und Hannelore kommen mit großen Tüten ins Wohnzimmer.

HANNELORE … keine Minute später! Sonst hätten wir es nie mehr bis zum Schuster geschafft.

ANNE Ja, ist ja gut.

HANNELORE Also sollten wir bei der Hochzeit definitiv *sehr* pünktlich losfahren!

ANNE Wieso? Die Braut ist die Einzige, die bei der Trauung zu spät kommen darf, oder nicht?

HANS *(laut)* Moment. Ich verstehe Sie gerade nicht … Was?

ANNE *(sieht Hans)* Ach, da bist du.

HANS Pssst! *(deutet auf das Telefon)* Wie bitte? … Ja, ich bin noch dran. Ja … Tut mir leid, es war gerade etwas laut …

Hm? Ach so … Ja … Ich komme vorbei … Ja … In einer
halben Stunde? … Gut … Ja … Bis gleich. *(legt auf)*

ANNE Wer war das denn?

HANNELORE Hast du mit dem Schlosser gesprochen?

HANS Was? Nein … Nein, noch nicht. Das war der Florist.
Wegen des Brautstraußes …

ANNE Ich dachte, den hättest du bereits bestellt …?

HANNELORE Hast du denn den Schlosser angerufen?

HANS Ich hatte den Strauß bestellt, ja. Aber jetzt gibt es wohl
Schwierigkeiten, weil die Blumen nicht so blühen wie
sonst. Scheiß Klimawandel! Nicht mal auf die Jahreszeiten
ist mehr Verlass …

HANNELORE Diese Ausdrucksweise!

ANNE Und jetzt?

HANS Ich fahre nochmal hin und suche andere Blumen aus.
Keine Sorge – du bekommst deinen Brautstrauß.

HANNELORE Das will ich doch schwer hoffen!

ANNE Kannst du auf dem Rückweg beim Supermarkt anhalten?
Ich habe vergessen, Brot zu kaufen.

HANS Mache ich. (*will nach links abgehen*)

HANNELORE Und was ist nun mit dem Haustürschlüssel? Hast du
ihn wiedergefunden? Oder den Schlosser angerufen?

HANS Weder, noch. Ich habe alles abgesucht – nichts. Vielleicht
habe ich ihn wirklich verloren. Jetzt muss ich aber erstmal
zum Blumenladen …

ANNE Ohne Schlüssel?

HANNELORE Dann sollten wir aber unbedingt den Schlosser
anrufen. Anne? Wo ist euer Telefon?

HANS Hier. *(gibt ihr das Telefon)* Anne? Haben wir irgendwo
einen Ersatzschlüssel?

ANNE Ich glaube nicht. Aber du kannst ja gerade meinen nehmen.
Wir müssen uns jetzt sowieso um die Tischdeko kümmern
und die Sitzordnung nochmal durchgehen.

HANS War das nicht geklärt?

ANNE Doch, eigentlich schon. Aber Jonas hat sich von seinem Lover getrennt und wird nun alleine kommen. Also haben wir einen freien Platz zu vergeben.

HANS *(verwirrt)* Dein Bruder ist schwul??

ANNE Natürlich! Wusstest du das nicht?

HANS Öhm … Nein!? Sam ist immerhin auch ein Frauenname, also dachte ich, das wäre seine Freundin …

ANNE Falsch gedacht. Aber egal! Jedenfalls hat Jonas sich von Sam getrennt – oder umgekehrt, wie auch immer – und wird alleine zur Hochzeit kommen. Falls er seinen Liebeskummer bis dahin im Griff hat …

HANNELORE Er sollte lieber hetero werden. Mit Frauen hat man nicht so viele Probleme.

HANS Ha! Von wegen …

ANNE Mutter! Das ist beleidigend!

HANNELORE Wieso?

ANNE Sowas ist sexistisch! Jonas darf lieben, wen er will.

HANNELORE Aber in der Bibel steht …

ANNE Ach, Quatsch! Das ist reine Interpretationssache! Ich bin mir sicher, dass Gott nichts dagegen hat, wenn Männer sich untereinander verlieben. Und bei Lesben ist es das Gleiche. Schließlich heißt es auch ‚Liebe deinen Nächsten …'

HANNELORE Ja, aber doch nicht auf sexueller Ebene!

ANNE Wie auch immer. Ich glaube, Gott mag Schwule, Lesben und Transgender genauso gerne wie Heterosexuelle. Wir sind alle einfach Menschen. Basta!

HANNELORE Wie du meinst. Ich rufe jetzt den Schlosser an!

HANS Tja, ich muss los. Anne? Dein Schlüssel?

ANNE *(gibt ihm den Schlüssel)* Vergiss das Brot nicht! Und Butter könnten wir ebenfalls gebrauchen.

HANS Wird gemacht, Chef.

HANNELORE *(am Telefon)* Ja? Hallo? … Ja, hier spricht Frau Richter. Ich rufe im Auftrag meines zukünftigen

Schwiegersohnes an. Es geht um seine Wohnungstür … Er hat seinen Schlüssel verloren …

HANS *(leise zu Anne)* Viel Erfolg!

ANNE Danke. Dir auch! *(gibt ihm einen Abschiedskuss)*

HANS Danke. *(geht nach links ab)*

HANNELORE Ja, genau. Den Wohnungstürschlüssel … Nein, heute erst. So gegen Mittag … Was? … Natürlich ist es dringend! Immerhin könnte sich der Dieb hier jederzeit Zutritt … Was? Ach so … Nein, vielleicht war es kein Diebstahl. Aber man weiß ja nie … Bitte? … Ach so. Die Anschrift. Haben Sie etwas zu schreiben? Der Straßenname ist sehr lang … Hm? … Also … Hans Pfeiffer … *(verschwindet durch die Tür nach rechts)*

ANNE Auch das noch! Hoffentlich dauert das mit dem neuen Schloss nicht allzu lange. Wir haben so schon genug zu tun. *(ihr Handy klingelt)* Apropos … *(geht ran)* Hallo? … Was? Ach, Hans … Wer? … Melanie? Wann? … Oh. Das ist ja blöd. Was wollte sie denn? … Ach so … Ja … Ich rufe sie an … Ja, mache ich … Okay … Ich dich auch! Tschö! *(legt auf, wählt eine neue Nummer und lehnt sich gegen den Wohnzimmertisch)* Mel? Ja, hey, hier ist Anne. Hans hatte mir gerade … Hm? … Ja, genau. Er hatte es vergessen … Ich war mit Mutti … Was? … Doch, doch. Wir sind schon fertig mit Shoppen … Hm? … Das Strumpfband, genau … Nein, eigentlich nicht. Such einfach etwas Schönes raus … Und blau! Es muss blau mit dabei sein … Nein, bisher habe ich noch nichts Blaues … Was? … Ja, ich kenne den Spruch: ‚Etwas Altes, etwas Neues, etwas Geborgtes, etwas Blaues' … Was? … Auf Englisch? Wieso …? … Ach so! Es reimt sich! ‚Something old, something new, something borrowed and something blue' – cool! Das wusste ich noch gar nicht … Hm? … Ja, genau. Das Strumpfband sollte deshalb blau sein … Von mir aus auch blau-weiß … Ja … Ja, die Schuhe passen jetzt. Ich schicke dir nachher ein Foto … Hm? … Wieso denn einen Glückspfennig? Der ist doch total unbequem im Schuh! Da laufe ich mir nachher eine Blase … Nein! … Auf keinen Fall. Ich muss nicht jede Tradition … Was? … Ja, die Versteigerung des Brautschuhs ist in Ordnung. Vorausgesetzt es schafft jemand, mir einen Schuh zu klauen … Ja, ich schicke dir ein Bild … Okay … Ciao!

Anne legt auf und lässt ihr Handy hinter sich auf den Glastisch gleiten. Sie seufzt und öffnet ihren Pferdeschwanz. Während sie sich die Haare ausschüttelt, kommt Hannelore ins Wohnzimmer.

HANNELORE *(noch am Telefon)* Ja, vielen Dank … Und nochmal mein herzliches Beileid … Ja … Gut … Auf Wiedersehen. *(legt auf und das Telefon auf den Glastisch)* Oh weh …

ANNE Was ist denn? Kann der Schlosser nicht?

HANNELORE Ach, es ist schrecklich! Seine Frau wurde ermordet!

ANNE Was?!

HANNELORE Ja! Gestern Nacht, auf dem Rückweg von ihrer Spätschicht. Grauenvoll! Ich mag gar nicht daran denken. Sie war wohl Krankenschwester …

ANNE Aber wieso sollte denn jemand eine Krankenschwester ermorden? Hat sie in einer Psychiatrie gearbeitet und einer der Insassen ist ausgebrochen?

HANNELORE Keine Ahnung. Auf jeden Fall hat der Schlosser mich an einen Kollegen von sich verwiesen. Den werde ich jetzt als nächstes anrufen.

ANNE Oh. Gut. Aber trotzdem … Wer tut sowas?

Vorhang.

2. Mord

Gleicher Ort, gleiches Wohnzimmer. Auf dem Glastisch liegen diverse Zettel herum, übersät von kunstvoll gefalteten Servietten. Die roten Rosen überragen das Geschehen in ihrer gläsernen Blumenvase, wobei sie aus dem Mittelpunkt heraus nach links gerückt wurden.

Türgeräusche von links. Die Wohnungstür wird geöffnet. **Hans** *kommt wütend herein, knallt die Tür zu und wirft seine Jacke über eine Stuhllehne.*

ANNE *(aus dem Off)* Hans? Bist du das?

HANS Ja, ich bin's. Und ich habe schlechte Neuigkeiten.

ANNE *(von rechts kommend)* Was? Wieso? War das Bastelpapier ausverkauft? Oder die Servietten?

HANS Nein, noch schlimmer. Der Bastelladen ist geschlossen – so wie fast jeder andere Laden in der Innenstadt.

ANNE Wie meinst du das?

HANS Ich meine, dass auf Grund der aktuellen Virus-Pandemie alle Geschäfte, die nicht für den alltäglichen Bedarf benötigt werden, dichtgemacht wurden. Nur noch Lebensmittelgeschäfte und Drogerien dürfen geöffnet haben. *(wirft einen Blick auf den Tisch)* Sieht so aus, als müsstet ihr die Servietten nehmen, die mir hier schon seit einer Woche auf die Nerven gehen.

ANNE Auf die Nerven? Soll ich dir sagen, was mir auf die Nerven geht? Dass diese beschissene Virus-Krise unsere ganzen Hochzeitspläne durcheinanderbringt! Verdammt nochmal! Woher kommt dieses Virus überhaupt? Vor ein paar Wochen existierte es noch gar nicht – oder zumindest wussten wir nichts davon. Und jetzt … Erst China und nun gleich halb Europa?? Wie konnte das so schnell eskalieren? Es kann doch wirklich nicht zu viel verlangt sein, in Ruhe heiraten zu wollen!!

HANS In Ruhe? Seit wann wolltest du bitte ‚in Ruhe' heiraten? Wenn es nach mir ginge, hätten wir uns einfach nur mit den Trauzeugen getroffen und die Sache beim Standesamt zu viert durchgezogen. Aber du musstest ja unbedingt eine große Feier mit allen Verwandten, Bekannten und Freunden haben! Hätten wir von Anfang an im kleinen Kreis geplant, würden uns diese Verordnungen deutlich weniger Probleme bereiten.

ANNE Willst du etwa sagen, dass dieses Chaos meine Schuld ist?

HANS Na ja, für das Virus bist du nicht verantwortlich. Aber es wäre alles viel entspannter gewesen, wenn du nicht auf einer großen Feier bestanden hättest. Und die Kirchen werden vermutlich auch bald dicht gemacht.

ANNE Waaas?! Aber ... unsere kirchliche Trauung ... Darf das alles gar nicht mehr stattfinden?

HANS Vermutlich nicht. Wir können froh sein, wenn das Standesamt offenbleibt, damit wir überhaupt irgendwie heiraten können ...

ANNE Aber ... das ist ... Ich will meine Hochzeit!!!

HANS Und ich will endlich einen Tag lang meine Ruhe haben! Ständig diese Diskussionen – Tischdeko hier, Sitzordnung da, Traditionen über Traditionen ... Das macht mich völlig irre! Und dann liegen hier seit einer Woche diese blöden Servietten herum und rauben uns den Platz ...

ANNE Glaubst du wirklich, dass du der Einzige bist, der genervt ist?! Dann liegst du nämlich falsch! Ich finde auch so einiges zum Kotzen! Diese Virus-Pandemie zum Beispiel! Oder die Wohnungstür!! Was auch immer der Schlosser da Neues eingebaut hat, es funktioniert nicht. Das Schloss ist locker und mein Schlüssel verhakt sich die ganze Zeit!

HANS Na, dann hoffen wir mal, dass Schlosser noch geöffnet haben dürfen. Ich rufe da gleich mal an. *(geht zum Telefontisch, welcher jedoch leer ist)* Wo ist denn das Telefon?

ANNE   Irgendwo hier. *(wühlt zwischen den Servietten herum)* Ich hatte es nach dem Telefonat mit Melanie ... Ah, da haben wir's ja! *(reicht Hans das Telefon)*

HANS   Danke. *(wählt, wartet)* Hallo? ... Ja, hier ist Hans Pfeiffer. Sie waren vor einer Woche bei uns, um das Türschloss ... Hm? Ja, genau. Sie erinnern sich ... wunderbar ... Ja, es ist leider so, dass das Schloss nicht richtig funktioniert. Es sitzt zu locker und die Haustürschlüssel verhaken sich des Öfteren ... Ja ... Ja, das wäre gut ... So bald wie möglich, ja. Was? ... Oh, so schnell. Super! ... Ja ... Dann bis gleich. Und danke ... Ja ... Tschüss.

ANNE   Er kommt?

HANS   Ja. In ungefähr einer Viertelstunde.

ANNE   *(seufzt)* Immerhin *etwas*, was noch funktioniert ...

HANS   Mit Betonung auf ‚noch'.

ANNE   Wieso?

HANS   Na, wer weiß, wie lange solche Serviceleistungen noch erbracht werden können – oder dürfen. In anderen Ländern gibt es immerhin bereits ein komplettes Ausgehverbot. Da würde keiner nur wegen eines lockeren Schlosses zu uns kommen. Dort herrscht strenger Lockdown.

ANNE   Aber ... Was soll man denn tun, wenn man komplett eingeschlossen ist? Oder jemand verstirbt?

HANS   Das ist unterschiedlich. In den südlichen Ländern, wo es gerade am schlimmsten ist, sind die Behörden und Bestatter so überfordert, dass selbst Verstorbene erst nach mehreren Tagen von Zuhause abgeholt werden. Und die Angehörigen dürfen sich teilweise nicht einmal verabschieden, weil Kontakt zu Infizierten strengstens verboten ist.

ANNE   Du meine Güte! Die Toten liegen also erst tagelang Zuhause herum und dann dürfen die Verwandten nicht einmal zur Beerdigung kommen? Wie schrecklich! Hoffentlich kommt es bei uns niemals zu sowas ...

HANS Ja, diese Leute können einem wirklich leidtun. Und das Pflegepersonal ebenfalls. Immerhin riskieren die Krankenpfleger, -pflegerinnen und Ärzte täglich ihre eigene Gesundheit, um den Kranken zu helfen. Die Ansteckungsgefahr ist da bestimmt hoch, wenn man ständig im Kontakt mit den Infizierten ist – besonders jetzt, wo die Schutzkleidung knapp wird. Es gibt fast überall große Notstände was Desinfektionsmittel, Mundschutz, Handschuhe und Atemmasken angeht.

ANNE Auch bei uns? Ich dachte, unser Gesundheitssystem funktioniert recht gut ...?

HANS Wir mögen in gewissen Bereichen besser aufgestellt sein als andere, doch auch bei uns läuft nicht alles super. Der Mangel an medizinischer Schutzkleidung macht sich hier genauso bemerkbar, wie in den anderen Ländern. Und das Hygienebewusstsein der Bevölkerung könnte ebenso deutlich besser sein ...

ANNE Was können wir denn überhaupt tun, um uns gegen dieses blöde Virus zu schützen?

HANS Regelmäßig und gründlich die Hände waschen, Abstand zu Personen in der Öffentlichkeit halten, unnötige Kontakte vermeiden, aufs Händeschütteln verzichten, in die Ellenbeuge niesen und wo es geht, Zuhause bleiben. Apropos: Ab heute werde ich im Home-Office tätig sein. Habe gerade eben die Meldung von der Arbeit bekommen.

ANNE Ist das dein Ernst? Du wirst von hier arbeiten?

HANS Ja. Viele Unternehmen wurden zu diesem Schritt gezwungen. Die Schulen sind ja auch geschlossen, also gibt es Online-Unterricht und Studienportale.

ANNE Da wird das Internet bestimmt bald ganz schön überlastet sein, wenn plötzlich alle im Home-Office sitzen ...

HANS Sicherlich. Der Online-Handel hat schon angekündigt, dass es zu verzögerten Lieferzeiten kommen kann, da viele nun online bestellen und sowohl die Portale als auch die

Post erstmal hinterherkommen müssen. Außerdem konzentrieren sich einige Händler vorerst auf die Lieferung von medizinischen Produkten und Hygieneartikeln.

ANNE Heißt das, dass es zu einer längeren Lieferzeit kommen könnte, wenn ich mir das Bastelpapier und die Servietten online bestellen würde?

HANS Sagen wir mal, es wäre möglich. Aber versuchen kannst du es ja – falls wir nicht sowieso die ganze Hochzeit absagen müssen ...

ANNE Auf keinen Fall! Ich will heiraten! Wir haben schon so lange gewartet, weil immer etwas dazwischenkam – der Masterabschluss, Bewerbungsphase, Probezeit ... Da werde ich mir jetzt nicht von so einem dahergelaufenen Virus die Hochzeit kaputtmachen lassen!

HANS Du willst also auch heiraten, falls die kirchliche Trauung ausfallen muss?

ANNE Ja! Es wäre natürlich schade, aber das können wir sonst später nachholen. Viele Paare heiraten erst standesamtlich und später kirchlich. Wieso also nicht wir? Wenn wir zum Beispiel in einem Jahr kirchlich heiraten, haben wir trotzdem den gleichen Hochzeitstag.

HANS Wenn du meinst ...

Es klingelt an der Wohnungstür.

HANS Oh! Das ist bestimmt der Schlosser!

ANNE Schaffst du das alleine? Ich hatte Jonas versprochen, dass ich ihn heute anrufe ...

HANS Immer noch Liebeskummer?

ANNE Ja, leider. Er sagt, sein Herz sei auf ewig gebrochen ...

HANS Klingt schmerzhaft. Dann mal viel Erfolg.

ANNE Danke. Dir auch. *(geht nach rechts ab)*

Hans eilt nach links und öffnet die Wohnungstür.

HANS Gut, dass Sie hier sind. Kommen Sie doch rein …

SCHLOSSER*(tritt ein)* Vielen Dank. Es tut mir wirklich leid, dass das Türschloss Ihnen Probleme bereitet …

HANS Das wird sich nun ja hoffentlich ändern. *(lacht nervös)* Möchten Sie etwas trinken?

SCHLOSSERNein, danke. Wir dürfen zwar noch arbeiten, doch der Kontakt soll natürlich trotzdem so begrenzt wie möglich bleiben. Von daher werde ich mich ausschließlich hier vorne aufhalten. Und die Hände habe ich mir vorher auch gewaschen!

HANS Ach so. Ja … dann … Diese ganze Pandemie-Verordnungs-Sache ist noch etwas neu … Muss man sich erst dran gewöhnen …

SCHLOSSERSie machen das bereits ganz gut. Auf den Händedruck haben Sie ja auch verzichtet.

HANS Stimmt. Tja … Dann lasse ich Sie mal arbeiten … *(geht ins Wohnzimmer und schaut ratlos in die Gegend)*

SCHLOSSERDanke. Ich werde mich beeilen.

HANS Lassen Sie sich genug Zeit. Die Hauptsache ist, dass das Schloss danach wieder funktioniert.

SCHLOSSERNatürlich. *(nickt und macht sich an die Arbeit)*

Hans schaut kurz zur Wohnungstür, dann nach rechts und schließlich auf die immer noch vertrocknete Zimmerpflanze. Schüttelt den Kopf und geht nach rechts ab, um aus einem Nebenzimmer eine Gießkanne zu holen. Kurz darauf kommt er mit der Kanne in der Hand zurück. Im gleichen Moment tauchen zwei **Polizeibeamte** *an der Wohnungstür auf.*

POLIZIST 1 Guten Tag. Entschuldigen Sie die Störung …

HANS *(hält verwirrt inne)* Öhm … Guten Tag …

SCHLOSSER*(ebenfalls innehaltend)* Soll ich beiseite gehen?

POLIZIST 1 Das kommt darauf an. Ist dies hier die Wohnung von Herrn Pfeiffer?

HANS Ja. Das bin ich. *(stellt die Gießkanne weg)* Kann ich Ihnen weiterhelfen?

POLIZIST 2 Nicht direkt. Wir wollen eher zu diesem Herrn hier. *(sieht den Schlosser ernst an)* Sind Sie Herr Schlosser vom Unternehmen ‚Schlosser&Söhne'?

HANS Ach, Sie *heißen* ‚Schlosser' und *sind* Schlosser? Das ist aber ein lustiger Zufall …

POLIZIST 1 Herr Pfeiffer, ich muss Sie bitten, sich aus dieser Angelegenheit herauszuhalten.

HANS Oh. Natürlich. Verzeihung.

POLIZIST 2 Also? Sind Sie Herr Schlosser?

SCHLOSSERJa. Aber wieso? Gibt es ein Problem? Ich habe mich vorher extra erkundigt, ob unser Unternehmen noch Aufträge ausführen darf, falls es darum geht. Und ich habe mir die Hände gewaschen!

POLIZIST 1 Es geht hier nicht um die Einhaltung der Pandemie-Verordnungen.

SCHLOSSERAch so.

POLIZIST 2 Wir müssen Sie eher in einer anderen Gelegenheit befragen. Würden Sie uns bitte aufs Präsidium folgen?

SCHLOSSERWie? Jetzt sofort? Aber … weshalb denn?

POLIZIST 2 Ihr Vorgesetzter steht im Verdacht, einen Mord begangen zu haben. Und solange wir den Fall noch nicht vollständig geklärt haben, müssen wir mögliche Mitwisser und Zeugen ausfindig machen.

SCHLOSSERMein Chef soll einen Mord begangen haben??

HANS Das ist ja ungeheuerlich!

ANNE *(von rechts eintretend)* Was ist denn hier los?!

POLIZIST 1 Und wer sind Sie?

ANNE Anne Richter. Ich wohne hier.

HANS Sie ist meine Verlobte.

POLIZIST 1 Herzlichen Glückwunsch zur Verlobung. Schön zu hören, dass es in diesen Zeiten nicht überall nur häusliche Gewalt und Scheidungen gibt.

ANNE Wie jetzt? Wegen der Pandemie? Weil die Leute zuhause bleiben sollen, gibt es mehr Gewalt?

POLIZIST 1 Tja, Frau Richter, ich befürchte, nicht jeder genießt die gemeinsame Zeit zuhause. Es gibt einige Leute, die ... Aber deshalb sind wir ja gar nicht hier.

POLIZIST 2 Genau. Herr Schlosser, ich muss Sie nun wirklich bitten, mit uns aufs Präsidium zu kommen.

ANNE Was? Warum denn das??

POLIZIST 1 Keine Sorge. Es hat nichts mit Ihnen zu tun ...

SCHLOSSER Aber mein Chef kann unmöglich einen Mord verübt haben! An wem denn überhaupt??

POLIZIST 2 Am hiesigen Fleischer. Aber das sind vertrauliche Informationen. Deshalb sollten wir alles Weitere ...

ANNE Moment mal! Meinen Sie den Schlossermeister, dessen Frau auf dem Heimweg ermordet wurde? Nach ihrer Spätschicht? Die Krankenschwester?

POLIZIST 1 *(verwirrt)* Woher wissen Sie denn von dem Fall?

ANNE Meine Mutter hatte mit besagtem Mann telefoniert und er hat ihr persönlich von dem Mord an seiner Ehefrau erzählt.

POLIZIST 2 Interessant. Darf ich fragen, wie Ihre Mutter heißt?

ANNE Ihr Name ist Hannelore Richter. Doch ich wüsste nicht, wie sie Ihnen weiterhelfen könnte ...

POLIZIST 1 Wir müssen jeder Spur nachgehen. Immerhin könnte es sich bei diesem Fall um eine der besagten ehelichen Krisen handeln – nur leider mit deutlich dramatischerem Ausgang ...

HANS Das ist doch ungeheuerlich!

SCHLOSSER Ich glaube kaum, dass mein Chef zu so etwas fähig wäre! Häusliche Gewalt – nein! Und wieso sollte er den Fleischer umbringen? Nur, weil er um seine Frau trauert, wird er doch nicht gleich zum Mörder! Außerdem ist er zu sehr mit der Beerdigung beschäftigt, weil es in einigen Bundesländern bereits ein Ausreiseverbot gibt und viele Gäste wegen der Pandemie-Verordnungen nicht einmal zur Trauerfeier kommen können.

ANNE Wie grauenvoll. Mein herzliches Beileid an Ihren Chef.

SCHLOSSER Ich werde es ihm ausrichten ...

POLIZIST 1 Das können Sie gerne tun – auf dem Präsidium. Wenn Sie uns nun also bitte begleiten würden ...

ANNE Aber was ist mit unserer Wohnungstür?

HANS Könnte Herr Schlosser wenigstens das Türschloss noch in Ordnung bringen?

POLIZIST 1 Wir sprechen hier von Mord! Da ist Eile bei der Aufklärung geboten – meinen Sie nicht? Immerhin kann die arme Frau nicht beerdigt werden, solange sie in der Pathologie liegt. Und der Fleischer auch nicht. Also müssen wir den Täter schnellstmöglich fassen! Das verstehen Sie doch?

ANNE Ja, ja. Natürlich. Aber was hat der Mord an der Krankenschwester mit dem Fleischer zu tun?

POLIZIST 1 Das wissen wir noch nicht. Gerade deshalb verfolgen wir ja jede Spur, um dieser Sache endlich auf den Grund zu gehen.

HANS Glauben Sie etwa, dass der Fleischer etwas mit dem Mord an der Frau des Schlossermeisters zu tun hatte? Und dass er nun deswegen selbst dran glauben musste?

ANNE Das wäre ja schrecklich!

POLIZIST 2 Wir dürfen dazu keine Auskünfte geben. Herr Schlosser? Ich muss Sie nun bitte, mitzukommen.

ANNE Aber das Türschloss ...

SCHLOSSER Es würde bestimmt nicht lange dauern ...

POLIZIST 1 Was stimmt denn mit dem Schloss nicht?

ANNE Es ist zu locker. Und der Schlüssel hakt!

POLIZIST 2 Aber es funktioniert prinzipiell?

SCHLOSSER Ja. Mit viel Geduld ...

POLIZIST 1 Dann ist es kein Notfall und muss leider warten. Vielleicht sollten Sie sich nach einem anderen Schlosser umhören.

ANNE Aber ... hier gibt es keinen ...

POLIZIST 2 Tut mir leid. Herr Schlosser, ich muss Sie nun bitten, uns sofort auf das Präsidium zu folgen. Alles andere kann warten. Immerhin wollen Sie doch unsere Ermittlungen nicht behindern, oder?

SCHLOSSER Nein, natürlich nicht. Ich komme. *(zu Anne und Hans)* Entschuldigung. Ich hoffe, Sie können es mit der Tür eine Weile aushalten, bis das hier geklärt ist.

HANS Wir werden sehen ...

ANNE Wenn's unbedingt sein muss ...

POLIZIST 1 Vielen Dank für ihr Verständnis.

POLIZIST 2 Es tut uns wirklich leid, Ihnen Unannehmlichkeiten bereitet zu haben. Schönen Tag noch.

ANNE Danke. Und viel Erfolg bei der *schnellstmöglichen* Aufklärung dieses Falls.

*Die **Polizisten** nicken und gehen mit dem **Schlosser** nach links ab.*
*Anne und **Hans** bleiben vor der offenen Wohnungstür zurück und starren eine Weile verwirrt ins Leere.*

HANS Tja ... Dann werden wir wohl erstmal mit dem jetzigen Schloss leben müssen ...

ANNE Können wir nicht einen anderen Schlosser beauftragen?

HANS Aber was ist, wenn ‚Schlosser&Söhne' uns diese Sache hier in Rechnung stellt? Vielleicht hat Herr Schlosser ja vor, nach dem Verhör wiederzukommen ...

ANNE Wer weiß, wie lange das dauert! Sollen wir während dieser ganzen Zeit mit diesem hakeligen, losen Türschloss kämpfen? Ich brauche immer fünf Anläufe, bis ich diese bescheuerte Wohnungstür aufbekomme!

HANS Ich finde es auch nicht gerade toll. Doch hier in der direkten Umgebung gibt es keinen anderen Schlosser. Und ob einer von weiter weg nur deshalb hierherkommt, wage ich zu bezweifeln.

ANNE Na großartig! Als wäre alles nicht schon beschissen genug. Pandemie hier, kaputtes Türschloss da – ich werde noch wahnsinnig!

HANS Vielleicht ging es dem Schlossermeister ähnlich. Die Trauer um seine Frau und die widrigen Umstände momentan könnten ihn zur Verzweiflung getrieben haben.

ANNE Aber das ist kein Grund, einen Mord zu begehen! Und ausgerechnet am Fleischer … Oh! Verdammt! Wo bekommen wir denn dann den Festtagsbraten her? Meinst du, der Laden hat trotzdem geöffnet?

HANS Während der laufenden Ermittlungen? Wohl kaum. Immerhin werden die jetzt alle Angestellten befragen müssen. Und falls der Mord direkt in der Fleischerei geschah, wird er als Tatort erstmal abgesperrt bleiben.

ANNE Das ist ja zum Haare ausreißen!

HANS Apropos … Friseure sind zwar noch geöffnet, könnten aber eventuell als nächstes geschlossen werden. Immerhin ist Haareschneiden nicht gerade lebensnotwendig. Und die Friseure selbst gefährden sich auch, wenn sie ständig mit verschiedensten Kunden in Kontakt sind. Man weiß ja nie, wer schon infiziert sein könnte.

ANNE Aber was ist dann mit meinem Termin für die Hochzeitsfrisur? Ich habe beim Probestecken schon eine Anzahlung gemacht!

HANS Die bekommst du hoffentlich zurück.

ANNE Ja, schon. Aber meine Haare – ich muss für die Hochzeitsfotos gestylt sein! Wie sehe ich denn sonst aus?

HANS Wunderschön und natürlich, wie immer. Außerdem müssen wir erstmal beim Fotografen anrufen und nachfragen, ob der überhaupt noch arbeiten darf. Immerhin werden Fotos sicherlich nicht als lebensnotwendig eingestuft.

ANNE Auch das noch! Wer soll denn dann unsere Hochzeitsfotos machen?

HANS Vielleicht könnte mein Bruder seine Kamera mitbringen.

ANNE Thomas? Ich dachte, der ist künstlerisch völlig unbegabt. Glaubst du wirklich, dass er vernünftige Bilder machen kann? Ich will keine verwackelten Fotos!

HANS Lass uns erstmal beim Hochzeitsfotografen anrufen. Danach können wir weitersehen.

ANNE Von mir aus … Aber ich will auf jeden Fall gute Hochzeitsbilder haben! Und Videos! Schließlich soll dieser ganze Aufwand für etwas gut sein. Dann kann ich mir das auf den Fotos später wenigstens schönreden, wenn dieser Stress erstmal vorbei ist …

HANS Wir können die große Feier immer noch absagen. Das würde gerade jetzt bestimmt jeder verstehen – wegen der ganzen Pandemie-Sache und so …

ANNE Nein! Ich lasse mir nicht meine Hochzeit nehmen! Ich will heiraten. Ich will deine Frau sein!

HANS Ich liebe dich auch so. Dafür brauche ich keinen Standesbeamten. Für mich bist du jetzt schon meine Frau.

ANNE Mag sein. Aber wir haben so viel in diese Planung gesteckt. Das soll nicht alles umsonst gewesen sein. Solange das Standesamt geöffnet hat, werden wir heiraten!

Vorhang.

3. Mord

Gleicher Ort, gleiches Wohnzimmer. Auf dem Wohnzimmertisch stapeln sich mittlerweile die Papiere, lose Zettel liegen auf den Stühlen herum und die Rosen hängen vertrocknet in ihrer Vase. Kunstvoll gefaltete Servietten gucken hier und dort als kleine Farbtupfer zwischen den Papieren hervor. Die Zimmerpflanze ist vollends vertrocknet, wobei eine Gießkanne direkt danebensteht.

Hans *sitzt im Sessel vor dem Fernseher, hat ein aufgeschlagenes Buch im Schoß liegen und döst vor sich hin.*

Anne *sitzt auf dem einzigen freien Stuhl am Wohnzimmertisch, hat den Kopf in die Hände gelegt und starrt trübsinnig auf mehrere Zettel vor sich. Immer wieder Seufzen und Kopfschütteln. Schließlich rauft sie sich die Haare und stößt einen Frustrationsschrei aus.*

Hans *schreckt hoch und fängt das herunterfallende Buch im letzten Moment auf.*

ANNE   Ich geb's auf!

HANS   Hm? Was? Wer? Was ist los?

ANNE   Ja; du hast richtig gehört: Ich gebe auf! Schluss. Vorbei. Es ist aus. Ich kann nicht mehr. Es ist ein einziges Chaos!

HANS   Öhm … Könntest du kurz den Kontext …?

ANNE   Die Hochzeit ist in anderthalb Wochen, der Fleischer ist geschlossen, die meisten Bundesländer haben ein Reiseverbot verhängt und somit könnte ein Großteil unserer Gäste gar nicht erst anreisen, selbst wenn wir es schaffen würden, diese Feier irgendwie durchzuführen.

HANS   Hm. Klingt nicht sehr motivierend …

ANNE   Genau! Alles Scheiße! Dieses Virus hat uns den ganzen Spaß verdorben! Der Friseursalon ist auch dicht, also kann ich meine Hochzeitsfrisur vergessen!

HANS Ach ja ... Hatte ich erwähnt, dass Blumenläden ebenfalls geschlossen sind? Von daher fällt leider auch mein Florist für den Brautstrauß weg.

ANNE *(laut)* Aaaaah! Ich will nicht mehr!

HANS Wie? Du willst nicht mehr heiraten?

ANNE Doch! Natürlich will ich dich heiraten! Aber ... nicht so ... Ich will eine *schöne* Hochzeit! Ich will Gäste, eine große Feier, gestylte Haare, tolle Fotos ...

HANS Der Fotograf hat auch abgesagt.

ANNE ... leckeren Festtagsbraten, eine riesige Torte ... Oh! Hat der Bäcker auch zu?

HANS Nein, der hat noch offen.

ANNE Kaum zu glauben ...

HANS Allerdings weiß ich nicht, wie es mit Hochzeitstorten aussieht. Das ist ja eher speziell und gehört eventuell nicht zum alltäglichen Bedarf ...

ANNE Na toll! Also gibt es statt Torte nur Milchbrötchen und belegte Brote, oder was?

HANS Ich weiß nicht, was er momentan verkaufen darf. Soll ich mal anrufen?

ANNE Von mir aus. Mir ist gerade alles egal ...

HANS *(steht auf)* Wo ist denn das Telefon? *(sucht in der Nähe des Telefontisches)*

ANNE *(kramt das Telefon unter einem Papierstapel hervor)* Hier. Der Akku ist aber bald leer.

HANS Danke. *(nimmt das Telefon und verschwindet nach rechts in ein Nebenzimmer)*

Es klingelt an der Tür.

ANNE *(leise)* Ich geh schon ... *(erhebt sich seufzend und schlurft zur Wohnungstür)* Oh. Hallo Mutti.

Hannelore betritt das Wohnzimmer und bleibt schockiert stehen.

HANNELORE Wie sieht es hier denn aus?

ANNE Wie momentan in jedem anderen Haushalt auch – chaotisch. Also? Was gibt's? Ich hatte gar nicht mit dir gerechnet. Sind nicht gerade die Personen aus den Risikogruppen dazu angehalten, zu Hause zu bleiben?

HANNELORE Seit wann gehöre ich denn zu einer Risikogruppe? Ich bin nicht über 60 Jahre alt …

ANNE Nein; aber mit 59 gehörst du durchaus schon fast dazu.

HANNELORE Ach was! Ich fühle mich gesund und munter!

ANNE Schön für dich …

HANNELORE Wieso denn so trübselig?

ANNE Da fragst du noch??

HANNELORE Ach ja … Die Hochzeit … Ich hatte mir das auch anders vorgestellt, glaub mir. Gibt es schon Neuigkeiten vom Standesamt?

ANNE Bisher dürfen Trauungen noch stattfinden, allerdings ist die Personenanzahl auf maximal 10 Leute begrenzt.

HANNELORE Hm. Brautpaar, Trauzeugen, zwei Elternpaare und jeweils ein Bruder – sieht so aus, als müsstet ihr alle anderen Gäste ausladen.

ANNE Die Meisten sind sowieso vom Reiseverbot betroffen und dürfen gar nicht kommen.

HANNELORE Oh. Na dann … Wieso ich allerdings eigentlich hier bin: Es gibt Neuigkeiten! Der Mord wurde aufgeklärt – oder vielmehr beide Morde!

ANNE Wirklich? Darf die Frau des Schlossers nun endlich beerdigt werden?

HANNELORE Ja. Jetzt haben sie keinen Grund mehr, ihren Leichnam in der Pathologie festzuhalten. Schlimm genug, dass sich das alles so hingezogen hat. Aber es hat wohl eine Weile gedauert, bis alle Geständnisse eingeholt werden konnten …

ANNE   Und wer hat sie nun umgebracht?

HANNELORE Du wirst es nicht glauben – der Fleischer!

ANNE   WAS?? Nein!?

HANNELORE Oh doch! Und zwar aus Eifersucht! Die Frau des Schlossermeisters hatte nämlich eine Affäre mit dem Fleischer, ohne dass dieser wusste, wer sie war. Somit ahnte er natürlich nichts von ihrem Ehemann und hoffte, seine Frau fürs Leben gefunden zu haben.

ANNE   Er wusste nicht, dass sie verheiratet ist … öhm … war?

HANNELORE Ganz genau! Keinen blassen Schimmer – all die Monate lang. Doch als dann diese Virus-Krise losging und immer ernster wurde, hat die gute Frau es wohl mit der Angst zu tun bekommen. Immerhin wusste sie als Krankenschwester um die Gefährlichkeit des Virus und wollte somit wohl alle unnötigen Kontakte vermeiden.

ANNE   Sag bloß, sie hat dem Fleischer den Laufpass gegeben …

HANNELORE Gut geraten, Sherlock! Sie wollte die Affäre beenden, doch der Fleischer hat nicht lockergelassen. Er wollte ihr sogar einen Antrag machen, aber sie ist ihm davongelaufen. Da hat er sie verfolgt und ist ihr auf die Schliche gekommen. Als er herausfand, dass sie verheiratet war – und noch dazu mit dem Schlosser, mit dem er sich in der Schule schon verkracht hatte – ist er ausgerastet. Er hat sich volllaufen lassen und ist ihr dann auf dem Heimweg von der Spätschicht beim Krankenhaus begegnet. Sie haben sich gestritten, er hat sein Hackbeil herausgeholt und *zack!* Glatter Durchschnitt. Sauber enthauptet.

ANNE   Das ist ja grauenvoll!!!

HANNELORE Durchaus. Doch es kommt noch schlimmer! Denn als der Schlossermeister herausgefunden hatte, wer seine Frau da so kaltblütig ermordet hat, wollte er es seinem ehemaligen Schulfeind natürlich heimzahlen.

ANNE   Oh Gott! Er hat also tatsächlich den Fleischer umgebracht?

HANNELORE Ja. Und nicht nur das: er hat ihn mit seinen eigenen Waffen geschlagen! Er ist in die Fleischerei eingedrungen, hat sich mit einem Hackbeil bewaffnet und …

ANNE Keine Details, bitte! Ich habe schon Gänsehaut …

HANNELORE Wie du meinst. Auf jeden Fall hat er dem Fleischer im Kühlraum den Garaus gemacht.

ANNE Kein Wunder, dass die Fleischerei geschlossen bleibt …

HANNELORE Ja, die wird nicht so schnell wieder aufmachen. Der Chef ist tot, Kinder hat er nicht und von den Gehilfen will keiner den Laden übernehmen. Immerhin ist dieser Ort Zeuge eines blutigen Mordes geworden. Da würde ich im Leben nicht mehr mein Fleisch kaufen wollen!

ANNE Ich auch nicht. Aber es ist schade um den guten Braten, den wir für die Hochzeit bestellt hatten …

HANNELORE Findet denn überhaupt noch eine Feier statt? Oder belasst ihr es bei der Trauung im Standesamt und reist dann direkt in die Flitterwochen?

ANNE Flitterwochen sind gestrichen. Reiseverbot ins Ausland. Kein Urlaub mehr möglich. Alles verboten, storniert, abgesagt, futsch … Wenn wir Pech haben, geht die Fluggesellschaft noch pleite …

HANNELORE Ach herrje … Bekommt ihr wenigstens das Geld zurück? Oder einen Ersatztermin für die Reise?

Hans kommt eilig ins Wohnzimmer gelaufen, den Hörer noch am Ohr. Er ignoriert Hannelore und spricht direkt zu Anne.

HANS Ja … Vielen Dank … Tschüss! *(legt auf)* Anne! Tolle Neuigkeiten! Der Bäcker verkauft uns tatsächlich die Hochzeitstorte. *(sieht Annes Mutter)* Oh! Hallo Hannelore.

HANNELORE Guten Tag, Hans. Schön zu hören, dass du dich darum bemühst, die Feier für Anne zu retten.

ANNE Das sind wirklich gute Nachrichten. Auch wenn so eine große Torte für 10 Leute etwas übertrieben ist. Aber dann haben wir eben mehrere Tage etwas davon …

HANNELORE Das ist mein Engelchen – immer schön positiv denken! Und apropos Bäcker: von dem habe ich übrigens die ganze Story über die Aufklärung des Mordes.

ANNE Ach was!

HANS Der Mord wurde aufgeklärt?

ANNE Das erzähle ich dir später!

HANNELORE Oh ja! Beide Morde sogar. Und die Frau des Bäckers kennt wohl jemanden aus ihrem Häkel-Kreis, die wiederum die Frau eines involvierten Polizisten kennt. Und jetzt, wo nur jeweils eine Person in die kleine Bäckerei darf, konnte der Bäcker mir das ganz in Ruhe erzählen, ohne dass jemand mithören konnte.

HANS Und die anderen Kunden mussten draußen warten …

ANNE Solche Dinge lassen sich sowieso nicht lange geheim halten.

HANNELORE Da hast du recht, Liebes. Und schon gar nicht in einer so kleinen Stadt wie dieser hier! *(lächelt triumphierend, schaut dann zur Zimmerpflanze und runzelt die Stirn)* Nun habt ihr sie völlig ruiniert!

ANNE Ach Mutti! Ich bitte dich. Du weißt genau, dass ich Zimmerpflanzen nie mochte …

HANNELORE Aber das war ein Geschenk!

HANS Ha! Glaubst du, das hält Anne davon ab, etwas vertrocknen zu lassen? Sie hat es sogar geschafft, den Kaktus umzubringen, den ich ihr zum letzten Valentinstag geschenkt hatte!

ANNE Sag mal, verbündet ihr euch jetzt gegen mich, oder was?!

HANNELORE Wer schenkt denn einen Kaktus zum Valentinstag??

HANS Wieso nicht? Rosen haben auch Stacheln.

HANNELORE Das schon … Aber ein Kaktus?? Ist nicht gerade die Pflanze der Liebe …

ANNE Siehst du, Hans? Der Kaktus war einfach nicht für meine liebevolle Umsorgung bestimmt. Außerdem hast du dadurch wenigstens gelernt, mir Rosen zu schenken.

HANS Ja, weil ich gemerkt habe, dass Topfpflanzen bei dir genauso schnell vertrocknen wie Schnittblumen.

ANNE Hey!

HANNELORE Nun werd' mal nicht gleich frech …

HANS Ist doch wahr!

Es klingelt an der Tür.

ANNE Wer kommt denn jetzt noch?

HANNELORE Erwartet ihr Besuch?

HANS Eigentlich nicht. Immerhin soll auch privater Kontakt vermieden werden, wo es möglich ist.

ANNE In dem Fall wird es hier jetzt eindeutig zu voll! Mutter, du solltest lieber ins Nebenzimmer gehen. Nur zur Sicherheit – wegen des Abstandes und so …

HANNELORE Ich bin erst 59!

HANS Ach?

ANNE Das ist egal! Trotzdem gehörst du so gut wie zur Risikogruppe. *(geht zur Wohnungstür)* Also gehst du jetzt entweder ins Nebenzimmer oder nach Hause!

HANNELORE Kein Grund, schnippisch zu werden. *(erhebt sich)* Ich gehe ja schon … *(verschwindet nach rechts)*

ANNE Geht doch. *(öffnet mit so viel Sicherheitsabstand wie möglich die Wohnungstür)* Horst! Was machst du denn hier?

Horst *betritt das Wohnzimmer und stellt sich zwischen* **Anne** *und* **Hans***, um den Abstand möglichst groß zu halten.*

HORST Tut mir leid, dass ich störe. Hallo Anne. Ich wollte nur mal gerade mit Hans sprechen …

ANNE Ach so. *(setzt sich an den Glastisch und versinkt im Papierchaos)*

HANS Hi Horst. Nett, dass du vorbeikommst, aber … Geht das nicht telefonisch? Wegen der Pandemie-Verordnungen und so?

HORST Eigentlich schon. Aber du bist ja nicht rangegangen. Und eine Mailbox habt ihr nicht – was übrigens echt lästig ist!

HANS Oh, verdammt! Der Akku ist leer und ich habe vergessen, das Telefon auf die Ladestation zu packen.

HORST Typisch! Und dein Handy ist auch aus.

HANS Echt? Ich dachte … Ach nein, das war mein Diensthandy, womit ich telefoniert hatte …

HORST Wie auch immer, du warst telefonisch nicht zu erreichen. Also bin ich hergekommen.

HANS Ist es denn so dringend?

HORST Könnte man sagen. Es geht um die Hochzeit …

ANNE *(hektisch aufschauend)* Kannst du nicht kommen?

HORST Doch, doch. Das schon. Keine Sorge, Hans wird nicht ohne Trauzeugen dastehen.

ANNE Gott sei Dank!

HORST Ich habe nur zufällig gelesen, dass auch alle Restaurants schließen müssen …

ANNE *(entsetzt)* Waaas??

HORST … und habe mich direkt bei eurem Restaurantbesitzer gemeldet.

HANS Und?

HORST Er musste sein Restaurant ebenfalls schließen. Neue Pandemie-Verordnung. Euer Hochzeitsessen kann dort also nicht stattfinden.

ANNE Ich werd' verrückt!

HANS   Tja, die große Feier mussten wir ja sowieso absagen, da viele Gäste auf Grund des Besuchsverbotes zwischen den Bundesländern gar nicht kommen dürften ...

HORST   Oh. Dann hat sich das mit der Feier ja sowieso erledigt. Aber wollt ihr denn im kleinen Kreis feiern? Mit Familie und Freunden vor Ort?

HANS   Am liebsten schon. Es ist nur etwas schwer, so eine Feier zu organisieren, wenn alle Läden nach und nach dicht machen. Und wenn wir jetzt nicht mal gemeinsam im Restaurant Essengehen dürften ...

HORST   Ich sehe schon, das wird schwer. Hier ist es ja zu eng ... Wenn eure Eltern noch dazukämen ...

HANS   Und Geschwister.

HORST   Stimmt. Ihr habt beide einen Bruder, richtig?

HANS   Korrekt.

Es klingelt an der Wohnungstür.

ANNE   Wer kommt denn noch??

HORST   Soll ich lieber gehen?

HANS   Nein, warte ruhig. Vielleicht ist es nur der Paketdienst mit Annes Bastelsachen ...

Hans *geht zur Wohnungstür und öffnet sie. Ohne ein Wort der Begrüßung kommt* **Jonas** *hereingestürzt. Seine Augen sind gerötet, er hält ein Taschentuch in der Hand und trägt schlabberige Markenklamotten. Als er* **Horst** *sieht, bleibt er jedoch wie angewurzelt stehen.*

ANNE   Jonas! Was machst du denn hier? Wir hatten doch heute schon telefoniert ...

JONAS   Ich ... Ich wollte ... *(starrt Horst unentwegt an)*

HORST Öhm … Vielleicht sollte ich doch lieber gehen …

JONAS *(aufgeregt)* Mein Name ist Jonas Richter. Ich bin der Bruder von Anne. *(streckt Horst die Hand entgegen)*

HORST Ach so. Sehr erfreut. Öhm … Die Hand nehme ich mal nicht … Wegen der Virus-Verordnungen und so …

JONAS Ach ja. Wie dumm von mir! *(zieht hastig die Hand zurück)*

HORST Das ist jetzt wirklich ein toller Zufall! Wir haben gerade von Ihnen gesprochen …

JONAS Oh, bitte! Sie können mich gerne duzen. Wie gesagt … Ich heiße Jonas.

HORST Angenehm. Dann kannst du mich ebenfalls gerne duzen. Mein Name ist Horst und ich bin der Trauzeuge von Hans.

JONAS Ach was! So lernen wir uns also doch noch vor der Hochzeit kennen. Wie schön. *(lächelt strahlend und steckt das Taschentuch in seine Jeans)*

HORST Genau. Und wir haben gerade von dir gesprochen …

JONAS Hoffentlich nur Gutes. *(lacht nervös und wirft Anne einen schnellen Blick zu)*

HORST Natürlich! Wir waren nur gerade die Gästeliste durchgegangen … weil die große Feier ja abgesagt werden musste, wegen der Virus-Geschichte …

JONAS Ach, wie schade! Ich hätte nichts gegen etwas Party einzuwenden. *(lacht)* Das hattest du noch gar nicht erwähnt, Anne.

ANNE Wie denn auch, wenn du mich immer nur mit deinem Liebeskummer zutextest? Außerdem sind wir ja gerade erst dabei, alles umzuorganisieren. Das ist eine Menge Arbeit!

HORST *(mitfühlend)* Liebeskummer? Das klingt ja nicht so schön.

JONAS Och, ist halb so wild! *(lacht nervös)* Kann jedem mal passieren. Manche Beziehungen sind eben nicht für die Ewigkeit bestimmt. Andere hingegen … *(mustert Horst mit wohlwollendem Interesse)*

ANNE Halb so wild?? Und wieso heulst du mir dann ständig die Ohren voll, während ich hier eigentlich im Planungsstress bin? Ich habe durchaus andere Dinge zu tun …

JONAS Also von ‚vollheulen' kann ja nun nicht die Rede sein! *(lacht)* Ich brauchte nur jemanden zum Reden …

HORST Ja, das kenne ich. Als ich vor ein paar Monaten mit meiner Freundin Schluss gemacht habe, war ich danach auch erstmal neben der Spur und bin Hans mit meinem Gerede auf die Nerven gegangen.

HANS Tja, dafür sind beste Freunde eben da …

JONAS Freundin. Aha. *(leicht ernüchtert)* Wieso musstest du die Beziehung denn beenden?

HORST Ach, es hat einfach nicht mehr gepasst. Irgendwie war das Feuer zwischen uns weg … Wir haben uns auseinanderentwickelt. Ich habe mich in der Zeit sehr verändert …

JONAS *(hoffnungsvoll)* Ach was. Inwiefern denn das?

ANNE Öhm … Ich will euch beide ja nicht stören, aber … Könnt ihr das vielleicht irgendwo anders klären? Ich möchte nicht unhöflich sein, aber eigentlich soll der Kontakt in engen Räumen ja vermieden werden … Pandemie-Verordnung und so … Ihr wisst schon …

HORST Natürlich. Tut mir leid. Wir waren ja quasi schon fertig. Einen schönen Tag euch dann noch.

HANS Danke. Dir auch. Und wegen der Feier im Kleinen gucken wir noch. Ich rufe dich an.

HORST Dann pack jetzt lieber schon mal das Telefon auf die Ladestation. *(lacht)*

HANS Gute Idee! Mache ich gleich. Und mein Handy werde ich auch anmachen.

HORST Na, dann … Bis bald, ihr zwei! Und viel Erfolg mit der Planung. *(winkt und geht zur Wohnungstür)*

ANNE Danke. Bis dann, Horst. Tschüss, Jonas.

JONAS Ja. Tschüss. *(eilt Horst hinterher)* Also wie war das jetzt? Du hast dich verändert …?

Jonas und Horst gehen gemeinsam links durch die Wohnungstür ab, wobei sie bereits in ihr Gespräch vertieft sind. Anne schüttelt ungläubig den Kopf und starrt den beiden hinterher.

ANNE Hans? Ich glaube, mein Bruder hat seinen Liebeskummer soeben überwunden …

HANS Du meinst doch nicht etwa …?

ANNE Oh doch! Liebe auf den ersten Blick, würde ich sagen.

HANS Aber Horst ist doch gar nicht schwul!

ANNE Das wird Jonas kaum stören. Und außerdem könnte Horst ja bisexuell sein. Auf jeden Fall wird Jonas sich nun fleißig an ihn ranmachen. Ich kenne diesen Blick von ihm. So hat er Sam auch immer angeschaut.

HANS Oh man! Hoffentlich ist er nicht zu aufdringlich …

ANNE Hast du etwa Angst, dass dir dein Trauzeuge abhandenkommt?

HANS Sagen wir es mal so: Ich hätte ungern unnötige Spannungen bei unserer Hochzeit. Es ist alles so schon stressig genug! Da will ich keine Beziehungsdramen oder verletzten Gefühle zu spüren bekommen …

Es klingelt an der Wohnungstür.

HANS Apropos … Vielleicht ist Horst jetzt schon geflüchtet …

ANNE *(lacht)* Gut möglich. Jonas kann manchmal ein wenig stürmisch sein, wenn seine Gefühle in Wallung kommen.

HANS Echt? Wie peinlich! Wenn ich das gewusst hätte …

ANNE   Soll ich lieber aufmachen? Vielleicht ist es ja Jonas, weil er bei Horst abgeblitzt ist und sich nun doch bei mir ausheulen möchte …

HANS   Wenn es dir nichts ausmacht … *(verzieht sich in einen der Fernsehsessel und macht sich ganz klein)*

ANNE   Sehr unauffällig … *(steht auf und öffnet die Wohnungstür)* Oh! Liselotte. Frank. Was …? Ist etwas passiert? *(tritt beiseite)*

*Die Eltern von Hans treten ins Wohnzimmer. Beide tragen einen selbstgenähten Mundschutz und schwarzen Regenmantel. **Liselotte** hält sich ein Taschentuch vor die Augen und stützt sich gegen **Frank**, welcher ebenfalls düster dreinschaut.*

HANS   *(springt aus dem Sessel auf)* Mutter! Was ist denn passiert? Vater! Wieso …?

FRANK *(schwermütig)* Wir bringen schreckliche Neuigkeiten, mein Sohn. Dein Bruder hat sich umgebracht.

HANS   WAS??! *(tritt einen Schritt zurück)*

ANNE   Oh Gott! *(schlägt sich die Hand vor den Mund)*

HANS   Thomas? Aber wieso sollte er …? *(taumelt nach hinten und prallt gegen den Sessel; das Buch fällt von der Lehne, doch er bemerkt es nicht)* Was ist denn passiert?

LISELOTTE *(hysterisch)* Mein Sohn ist tot! Das ist los! Er hat sich umgebracht! Das ist passiert! *(schluchzt in ihr Taschentuch und sinkt auf die Knie)* Mein Thomas ist tot!

HANS   Aber wieso sollte er sich umbringen?

HANNELORE *(stürzt ins Wohnzimmer)* Wer hat sich umgebracht??

FRANK Hannelore! Was machst du denn hier?

HANNELORE Meine Tochter besuchen. Das ist ja wohl erlaubt!

FRANK Aber du gehörst doch auch zur Risikogruppe. Sollen nicht gerade diese Leute zu Hause bleiben?

HANNELORE Ich bin erst 59!

FRANK Ach!

LISELOTTE Und ich bin erst 58!

HANS Wen interessiert denn das jetzt?! Es geht hier um meinen Bruder, verdammt! Ich will endlich wissen, weshalb Thomas sich umgebracht hat!

FRANK Wir wissen es selbst nicht ganz genau. Als ich vor einer Woche mit ihm telefoniert habe, war noch alles in Ordnung. Nur die Aufregung wegen eurer Hochzeit, sonst nichts. Aber dann ... In seinem Abschiedsbrief hat er geschrieben, dass er sich mit diesem SARS-CoV-2 infiziert hätte.

ANNE Oh nein!

HANNELORE Ist das dieses neue Corona-Virus?

HANS Aber das ist doch kein Grund, sich gleich umzubringen! Er hätte ins Krankenhaus gemusst. Die hätten ihn sicherlich behandeln können ...

FRANK Er befürchtete wohl, dass er das Ganze nicht überleben würde. Immerhin verläuft dieses COVID-19 gerade bei Leuten mit Lungenvorerkrankung oftmals tödlich. Und sein Asthma ist in den letzten Jahren nicht gerade besser geworden. Somit sah er für sich anscheinend keinen anderen Ausweg ...

HANS Das ist doch ...

HANNELORE ... ungeheuerlich!

ANNE Wie schrecklich!

LISELOTTE Mein lieber Thomas ist tot!

HANS Aber warum hat er nicht den Notarzt gerufen?

FRANK Wir wissen es nicht genau. In seinem Abschiedsbrief stand lediglich drin, dass er bereits kaum noch Luft bekam und keine Hoffnung auf Heilung sah. Deshalb wollte er sich lieber selbst das Leben nehmen, statt langsam innerlich zu ertrinken und im Krankenhaus zu sterben.

HANS Aber vielleicht hätten die Ärzte und Krankenschwestern etwas tun können! Er kann doch nicht einfach so aufgeben! Das ist ...

HANNELORE ... unglaublich!

FRANK Er hat anscheinend nicht daran geglaubt, dass er eine Überlebenschance gehabt hätte. Es muss alles sehr schnell gegangen sein. Vermutlich wollte er sich weiteres Leiden ersparen. Schließlich wäre es nicht gerade angenehm gewesen, wenn seine Lunge tatsächlich mit Wasser vollgelaufen wäre. Da hilft auch keine Beatmung mehr.

ANNE Oh Gott! Wie grauenvoll. Der arme Thomas ...

HANNELORE Läuft die Lunge wirklich mit Wasser voll?

LISELOTTE Mein Sohn ist tot!

HANS Ich fasse es einfach nicht ...

HANNELORE Sich selbst das Leben zu nehmen ... Er muss sehr verzweifelt gewesen sein ... Das ist ja quasi Mord am eigenen Körper!

LISELOTTE Mord! Mord! Mein Sohn wurde ermordet!

HANS Ich fasse es einfach nicht ... *(lässt sich rückwärts in den Sessel fallen)* Ich fasse es nicht ...

Vorhang.

46

4. Mord

Gleicher Ort, gleiches Wohnzimmer. Die Rosen auf dem Tisch sind vertrocknet, verwelkte Blütenblätter liegen zwischen den gefalteten Servietten und Papierstapeln. Notizzettel und kleine Wäschehaufen liegen auf dem Boden herum. Die Zimmerpflanze ist komplett vertrocknet und verliert langsam ihre Blätter, welche auf dem Boden herumliegen. Die Gießkanne ist umgefallen.

__Anne__ sitzt in einem der Sessel vor dem Fernseher und starrt apathisch ins Leere. Ihre Haare sind hochgesteckt, doch sie zieht nach und nach die Haarnadeln heraus und wirft sie – nicht immer treffend – in die Blumenvase auf dem Wohnzimmertisch.

Von der Wohnungstür erklingen laute Geräusche, Schlüsselklimpern, unterdrücktes Fluchen. Ein Rütteln an der Tür. Erneutes Fluchen. Dann öffnet sich die Tür und __Hans__ stolpert hinein. Er trägt einen schwarzen Anzug und schwarzes Hemd, sowie einen passenden Mundschutz.

HANS Dieses verdammte Schloss! *(knallt die Tür zu)* Irgendwann trete ich einfach die Tür ein! *(reißt den Mundschutz ab)*

ANNE *(hochschreckend)* Vielleicht sollten wir doch nochmal versuchen, diesen Herrn Schlosser zu kontaktieren. Jetzt, wo sein Chef gestanden hat und verurteilt wurde, müsste er ja wieder arbeiten dürfen …

HANS Also *ich* rufe da jetzt nicht an. *(lässt sich in den zweiten Sessel fallen)* Ich mache jetzt gar nichts mehr!

ANNE Nicht mal Händewaschen?

HANS Oh. Doch. Das schon. *(steht seufzend auf, verschwindet nach rechts ins Badezimmer und kommt kurz darauf zurück)* So! *(fällt in den Sessel)* Jetzt bleibe ich hier.

ANNE War die Beerdigung denn so schlimm?

HANS Natürlich! Wie auch nicht? Mutter hat die ganze Zeit rumgeheult, als ginge es nur um sie und Vater hätte am liebsten die Grabrede selbst gehalten, weil der Pastor sich, seiner Meinung nach, zu kurzgefasst hat.

ANNE Tut mir leid. Ich wäre ja mitgekommen, aber …

HANS Ich weiß, ich weiß! Die Pandemie-Verordnungen erlauben es nicht. Nur die engste Familie und der Pastor. Keine weiteren Angehörigen.

ANNE Immerhin ist es nicht so schlimm wie in Italien, wo gar keiner zur Beerdigung kommen darf. Ihr durftet euch ja wenigstens mit gebührendem Abstand verabschieden.

HANS Aber nur mit geschlossenem Sarg.

ANNE Wäre sonst ja auch zu gefährlich. Deine Eltern sind schließlich nicht mehr die Jüngsten …

HANS Muss es denn immer um meine Eltern gehen? Interessiert sich niemand dafür, wie es mir bei der Sache geht? Thomas war *mein* Bruder! Aber meine Mutter tut ja geradeso, als hätte sie gleich all ihre Kinder verloren. Sie hat mich völlig ignoriert …

ANNE Entschuldige. Ich wollte deine Gefühle nicht verletzen.

HANS Ach, schon gut. *(starrt wütend auf die verwelkten Rosen)*

ANNE Möchtest du denn darüber sprechen?

HANS Über was?

ANNE Na, deine Gefühle. Deine Trauer. Deinen Verlust.

HANS Nein. Nicht jetzt … *(zieht sich die Krawatte aus und wirft sie auf einen der Wäschehaufen)*

ANNE Wie du meinst. *(starrt auf die Wäsche und fängt nach kurzer Zeit wieder damit an, ihre Frisur auseinanderzunehmen; wirft die Haarnadeln in die Blumenvase)*

HANS *(sieht verwirrt zu Anne)* Was ist denn mit deinen Haaren passiert?

ANNE Ich habe versucht, sie mir selbst hochzustecken. Der Friseur hat schließlich zu.

HANS Sieht irgendwie komisch aus …

ANNE Jetzt sind ja auch fast wieder alle Haarnadeln raus.

HANS Ach so. *(starrt wieder nach unten)*

ANNE Immerhin sollte die Frisur eine Überraschung sein – so wie das Brautkleid. Deshalb habe ich die Gelegenheit genutzt, wo du mal aus dem Haus warst …

HANS Glaub mir, ich würde gerne öfter rausgehen. Hier drinnen fällt einem nach 'ner Weile echt die Decke auf den Kopf. Wenn wir wenigstens einen Balkon hätten …

ANNE Oh ja. Ein Balkon wäre toll. Dann könnte ich Blumen pflanzen und …

HANS Und mir geht diese ständige Heimlichtuerei auf die Nerven! *Hier* darf ich nicht gucken, *das* darf ich nicht sehen …

ANNE Ach, komm schon! Das ist immerhin Tradition. Es gehört sich so. Sonst bekommen wir Unglück in der Ehe …

HANS Scheiß auf Tradition! Normalerweise gehört es sich auch, dass alle Verwandten des Verstorbenen bei der Beerdigung dabei sein und Abschied nehmen dürfen. Und eigentlich sogar Freunde – aber auf Thomas' Freunde konnte ich gut verzichten.

ANNE So schlimm?

HANS Einer schlimmer als der Andere. Alte Sauf-Bande …

Das Telefon klingelt.

HANS Auch das noch.

ANNE Willst du rangehen? Vielleicht sind es deine Eltern. Oder andere Verwandte, die ihr Mitgefühl aussprechen wollen.

HANS Ha! Wenn es wenigstens ‚Mitgefühl' wäre! Die meisten leiden ja mehr vor sich hin, als einem selbst Trost zu spenden. Da habe ich jetzt wirklich keinen Bock drauf!

ANNE Wie du meinst. *(kramt das Telefon auf dem Tisch hervor und geht ran)* Ja bitte? … Hm? … Nein. Nein, Hans ist gerade nicht zu sprechen … Ja, genau. Er müsste jeden

49

Moment nach Hause kommen. Die Beerdigungen sind ja alle verkürzt, wegen … Hm? Ja … Das werde ich ihm ausrichten … Ja. Danke … Danke. Tschüss. *(legt auf)*

HANS Und? Wer war's?

ANNE Meine Mutter. Ich soll dir ihr herzliches Beileid ausrichten.

HANS Siehst du? BeiLEID. Ich will aber nicht leiden! Ich hasse Leid! Ich will jetzt nicht … *(bricht in Tränen aus)* Wieso musste er sich auch mit diesem bescheuerten Virus infizieren?!! Verdammt!

ANNE *(leise)* Ich weiß es nicht. *(legt eine Hand auf Hans' Arm)* Ich weiß es nicht …

Das Telefon klingelt.

ANNE Oh je. Wird das jetzt den ganzen Tag so weitergehen? *(nimmt seufzend ab)* Ja? … Oh. Hallo Melanie … Hm? Ja, die Beerdigung war schon … Ja. Danke. Werde ich ihm ausrichten … Hm? … Nein, er möchte momentan niemanden sprechen … Ja … Doch, die Trauung soll noch stattfinden. Allerdings wissen wir nicht, ob wir danach zusammen feiern dürfen. Mittlerweile sind nämlich sogar private Hochzeitsfeiern Zuhause verboten. Also müssen wir das wohl verschieben … Was? … Ach, ich weiß nicht. Was ist, wenn die Nachbarn uns anzeigen? Da gibt es so ein paar Kandidaten, denen ich das zutrauen würde … Hm? … Doch, doch. Die alte Frau unter uns zum Beispiel. Oder der Mann gegenüber. Besonders jetzt, wo sie gezwungen sind, zuhause zu bleiben, machen die sich einen Spaß daraus, alle Nachbarn zu terrorisieren … Ja … Können wir ja sehen. Ich halte dich auf dem Laufenden, ja. Was? … Nein … Nein, Vorbeikommen ist keine gute Idee. Wie gesagt, die Nachbarn nehmen die Verordnungen sehr ernst. Kein Besuch außerhalb der engsten Familie und so. Hm? … Doch, sie würden es merken, dass du nicht zur

Familie ... Der Typ von gegenüber weiß doch, dass du meine Trauzeugin bist ... Ja ... Ja, ich find's auch doof! ... Ja ... Okay ... Bis dann. Ciao! *(legt auf)* Liebe Grüße und herzliches Beileid von Melanie.

HANS *(genervt)* Beileid, ja toll. Danke ...

ANNE Ich bitte dich. Melanie meint es wirklich gut. Du solltest dich nicht so an diesem Wort aufhängen ...

HANS Ja, ja. Aber *ihr* dürft euch an jede uralte Tradition klammern oder was?

ANNE Das ist etwas anderes! Außerdem wird es sowieso echt schwierig werden, dich das Brautkleid am Tag der Trauung nicht sehen zu lassen, wenn wir uns hier auf engstem Raum gemeinsam vorbereiten müssen. Wenn wir wenigstens ein zweites Badezimmer hätten ...

HANS Ich kann mich ja direkt morgens fertig machen und halte mich danach nur noch im Wohnzimmer auf. Dann kannst du dich im Schlaf- und Badezimmer in Ruhe anziehen und fertigmachen.

ANNE Danke! Das ist eine gute Idee. Dann muss ich nur noch Melanie hier reinschmuggeln, damit sie mir bei der Frisur und beim Schminken helfen kann. Und für das Kleid wollte eigentlich meine Mutter ... Aber vielleicht könnte das auch Melanie ... Da müsste ich meiner Mutter natürlich erstmal Bescheid sagen ...

HANS Wen willst du denn alles in unser kleines Badezimmer reinquetschen?

ANNE Na, das ist es ja gerade. Eigentlich sollte meine Mutter mir nur beim Kleid helfen und dann hätten die Friseurin und die Visagistin ...

Das Telefon klingelt.

ANNE   Oh man. Schon wieder? *(nimmt ab)* Ja bitte? ... Oh.
        Mutter! Du wieder ... Was für ein Zufall. Ich wollte ...
        Hm? ... Nein, Hans ist noch nicht zu sprechen ... Ja ... Ja,
        das werde ich ihm ausrichten. Ja ... Mutter? Ich ... Mutter!
        Was? ... Nein. Nein, ich wollte dich eigentlich fragen ...
        Jetzt wo der Friseurtermin ausfällt und Melanie mir die
        Haare macht ... Hm? ... Ja, Melanie ... Ja. Jedenfalls
        könnte Melanie mir dann vielleicht auch beim Schminken
        helfen ... Nein, ich habe noch nicht mit der Visagistin
        telefoniert. Da war immer besetzt oder der
        Anrufbeantworter dran .... Ja, ich weiß. Es wird
        vermutlich ausfallen ... Jedenfalls könnte Melanie mir
        dann auch ins Kleid helfen, denn es soll ja so wenig Besuch
        wie möglich ... Hm? ... Nein, ich weiß, dass du ... Ja, ich
        weiß. Aber wir passen gar nicht alle ins Badezimmer ...
        Nein. Nein, die Nachbarn fänden es bestimmt nicht gut,
        wenn so viele Leute hier zu uns ... Mutter, nun reg' dich
        doch nicht gleich auf! Es ist so schon alles kompliziert
        genug ... Hm? ... Ach, ich bitte dich! Du siehst mich beim
        Standesamt ... Was? ... Nein, die Feier wird vermutlich
        ausfallen ... Hm? Och, Mutter! *(springt auf und
        verschwindet nach rechts, dabei laut)* Verordnungen sind
        Verordnungen! Glaubst du, ich finde das toll?!! *(geht
        rechts ab)*

HANS   Oh man! Was meine Mutter wohl sagen wird, wenn sie
        kapiert, dass die Hochzeitsfeier nicht mal im kleinen Kreis
        stattfinden darf? Hoffentlich ist sie zu beschäftigt mit der
        Trauer um Thomas, um das überhaupt zu bemerken ...

Es klingelt an der Tür.

HANS   Och nö ... *(schaut in Richtung Nebenzimmer, steht dann
        seufzend auf und schlurft zur Wohnungstür)* Oh. Guten
        Tag. Kann ich Ihnen weiterhelfen?

*Hans tritt mit der **Visagistin** in den Eingangsbereich. Sie trägt einen stylischen Mundschutz, die Haare sind blondiert und zurückgebunden, der Rock kurz und pink.*

VISAGISTIN Guten Tag. Sie sind Herr Pfeiffer, nehme ich an?

HANS Öhm … Ja … Und Sie sind …?

VISAGISTIN Die Hochzeits-Visagistin Ihrer Verlobten, Anne Richter. Ist sie Zuhause?

HANS Oh. Ach so … Aber … Na, egal. Anne? *(laut nach rechts)* Anne? *(wartet)* Einen Moment bitte. Sie telefoniert vermutlich noch. Ich werde mal kurz … Kommen Sie doch rein. *(schließt die Tür hinter ihr)* Bin gleich wieder da. *(verschwindet nach rechts)*

*Die **Visagistin** blickt sich abschätzig in dem chaotischen Wohnzimmer um. Als ihr Blick auf die komplett vertrocknete Zimmerpflanze fällt, schüttelt sie missbilligend den Kopf. Dann kommt **Hans** mit **Anne** zurück ins Wohnzimmer.*

ANNE Guten Tag. Ich war gerade noch am Telefon … Tut mir wirklich leid …

VISAGISTIN Kein Problem. Ihr Verlobter war ja da.

HANS Brauchen Sie mich hier? Ansonsten würde ich kurz … *(er deutet auf die Tür zu den Nebenzimmern)*

VISAGISTIN Keine Sorge, wir brauchen Sie nicht. Ich wollte nur mit Ihrer Verlobten ein paar Frauendinge besprechen. Doch der Sicherheitsabstand sollte natürlich gewahrt bleiben und das ist zu zweit etwas leichter.

HANS Da haben Sie völlig recht. Ich bin dann mal weg. *(geht nach rechts ab)*

VISAGISTIN Nett haben Sie's hier …

ANNE Oh! Öhm … Danke. *(stellt sich vor den unaufgeräumten Tisch, um das Chaos zu verdecken)* Also … Worüber wollten Sie denn mit mir …? Um ehrlich zu sein, hatte ich gar nicht mit Ihrem Besuch gerechnet …

VISAGISTIN Eigentlich sollte ich auch gar nicht hier sein. Doch ich war zufällig in der Nähe und dachte, ich überbringe Ihnen die schlechte Nachricht lieber persönlich.

ANNE Schlechte Nachricht?

VISAGISTIN Wie Sie sicherlich gehört haben, sind mittlerweile alle Schönheitssalons und dergleichen geschlossen. Das gilt auch für mich – und leider sogar für Hausbesuche.

ANNE Sie dürfen also für die Hochzeit nicht mal kurz ‚zu Besuch kommen' oder so?

VISAGISTIN Nein. Leider nicht. Damit würde ich mich strafbar machen. Außerdem scheinen Sie sehr neugierige Nachbarn zu haben. Ich hatte vorhin das Gefühl, als würden die hinter ihren Türspionen lauern und mich beobachten!

ANNE Ja, das ist durchaus wahrscheinlich. Wir haben einige Nachbarn, die nicht der Ansicht sind, dass bei Hochzeitsvorbereitungen mal ein Auge zugedrückt werden darf. Sie nehmen die ganzen Pandemie-Verordnungen wirklich *sehr* ernst.

VISAGISTIN Was ja absolut vernünftig ist. Immerhin soll das Infektionsrisiko minimiert werden und bleiben, damit die Krankenhäuser nicht überlastet werden.

ANNE Ich weiß. Aber dann dürften Sie streng genommen nun auch gar nicht hier sein. Immerhin gilt Besuchsverbot für alle, die nicht in einer häuslichen Gemeinschaft wohnen oder zum engsten Verwandtenkreis gehören.

VISAGISTIN Da haben Sie recht. Ich wollte Ihnen auch nur kurz die Neuigkeiten überbringen und die Anzahlung für das Hochzeits-Make-up zurückgeben. *(streckt Anne einen Briefumschlag entgegen)*

ANNE Oh. *(nimmt den Umschlag)* Vielen Dank. Das hatte ich völlig vergessen …

VISAGISTIN Ist ja auch momentan alles sehr viel und ungewohnt.

ANNE Das kann man laut sagen!

VISAGISTIN Tja, dann will ich Sie und Ihre Gesundheit mal nicht länger gefährden ... Ach so! Soll die Hochzeit eigentlich trotzdem stattfinden? Oder wird das Ganze verschoben?

ANNE Die standesamtliche Trauung soll stattfinden, aber die große Feier mussten wir selbstverständlich absagen.

VISAGISTIN Das tut mir leid. Aber falls Sie nachfeiern, können Sie sich gerne jederzeit bei mir melden. Auch für die kirchliche Trauung! Ich weiß ja, welches Make-up Sie haben wollen.

ANNE Danke, das werde ich tun.

VISAGISTIN Schön. Dann noch einen guten Tag – und eine möglichst schöne Hochzeit.

ANNE Dankeschön. Auf Wiedersehen. *(begleitet sie zur Tür)*

VISAGISTIN Auf Wiedersehen. Und bleiben Sie gesund!

ANNE Danke. Sie auch.

VISAGISTIN Danke. *(geht durch die Wohnungstür ab)*

Anne schließt die Wohnungstür, blickt auf den Briefumschlag und seufzt. Dann geht sie zum Tisch, wirft den Umschlag zwischen das Chaos und lässt sich danach auf einen der Sessel fallen.

ANNE Wenn die Friseurin auch noch persönlich vorbeikommt, um mir die Anzahlung zurückzubringen, zeigen die Nachbarn uns bestimmt an ...

Hans kommt von rechts und lässt sich auf den zweiten Sessel fallen. Er trägt nun eine graue Jogginghose und einen schwarzen Pullover mit dem Aufdruck 'Ich mag Steine'.

HANS Und? Was wollte sie nun von dir? Oder ist das streng geheimer Frauenkram, den ich nicht wissen darf?

ANNE   Sie hat mir die Anzahlung für das Hochzeits-Make-up zurückgegeben.

HANS   Oh. Das ist nett. Aber dafür extra einen Hausbesuch machen? Ausgerechnet jetzt, wo das Besuchsverbot verschärft wurde?

ANNE   Sie meinte, sie sei gerade in der Nähe gewesen …

HANS   Aha. Tja dann … Solange die Nachbarn nicht meckern.

ANNE   Also die Alte unter uns regt sich bestimmt schon wieder auf. Die ruft irgendwann nochmal die Polizei, ich sag's dir! Die Frau treibt mich in den Wahnsinn! Erstaunlich, dass ihr Ehemann es so lange mit ihr aushält …

HANS   Ich dachte, sie ist Witwe?

ANNE   Echt? Oh. Das würde erklären, warum sie unbedingt allen auf die Nerven gehen muss – wenn sie schon ihren Mann nicht mehr ärgern kann …

HANS   Mich wundert eher, dass der Nachbar gegenüber eine Freundin gefunden hat. Der Typ ist ein totaler Kontrollfreak!

ANNE   Seine Freundin bereut es jetzt bestimmt, dass sie bei ihm eingezogen ist. Den Kerl ohne Balkon aushalten zu müssen, ist eine echte Strafe!

HANS   Oh ja! Vom Balkon könnte man sich wenigstens noch runterstürzen …

Das Telefon klingelt im Nebenzimmer.

ANNE   Och nö, nicht *schon* wieder …

HANS   Ich geh' schon. *(verschwindet nach rechts; aus dem Off)* Hallo? … Ja? … Hier spricht Hans Pfeiffer …. Ach so. Ja. Einen Moment … *(kommt ins Wohnzimmer und schaltet auf Lautsprecher)* So, jetzt kann meine Frau … äh, Verlobte mithören.

FRISEURIN 1 *(aus dem Lautsprecher)* Guten Tag, Frau Richter. Ich hoffe, ich störe Sie nicht …

ANNE Nein, nein. Alles gut. Gibt es irgendwelche Neuigkeiten? Dürfen die Friseure doch noch passend zur Hochzeit wieder öffnen?

FRISEURIN 1 *(aus dem Lautsprecher)* Nein, leider nicht.

FRISEURIN 2 *(aus dem Lautsprecher)* Das wird wohl für mindestens einen Monat erstmal so bleiben – wenn nicht sogar länger.

ANNE *(leise zu Hans)* Wer ist denn das?

HANS *(leise)* Das ist *meine* Friseurin.

FRISEURIN 1 *(aus dem Lautsprecher)* Jedenfalls wollte ich Ihnen nur mitteilen, dass wir Ihnen die Anzahlung für die Hochzeitsfrisur natürlich zurückgeben werden, sobald wir wieder geöffnet haben. Es sei denn, Sie benötigen das Geld sehr dringend. Dann könnten wir auch eine Überweisung tätigen, falls das unbedingt gewünscht wäre …

ANNE Nein, nein. Das ist schon in Ordnung so. Ich habe ja die Rechnung, die bringe ich dann einfach bei meinem nächsten Termin mit, sobald Sie wieder aufmachen dürfen.

FRISEURIN 1 *(aus dem Lautsprecher)* Wunderbar. Soll denn die Hochzeit überhaupt stattfinden?

ANNE Wenn das Standesamt nicht auch noch zumacht, wollen wir wenigstens die Trauung wahrnehmen. Kirchlich geht natürlich momentan nicht, aber das könnten wir dann mit der großen Feier nachholen, wenn diese Pandemie-Sache endlich erledigt ist …

FRISEURIN 1 *(aus dem Lautsprecher)* Richtig so! Nicht kleinkriegen lassen. Irgendwie werden wir dieses Virus schon überstehen.

FRISEURIN 2 *(aus dem Lautsprecher)* Die Risikoleute mit Vorerkrankungen eher nicht …

FRISEURIN 1 *(aus dem Lautsprecher)* Das stimmt. Einige werden es natürlich nicht schaffen. Aber wir hoffen das Beste für uns und unsere Liebsten. Also: Ihnen eine schöne Trauung und bleiben Sie gesund! Und für die Nachfeier können Sie sich jederzeit bei uns melden, sobald der Termin steht.

FRISEURIN 2 *(aus dem Lautsprecher)* Das gilt auch für Sie, Herr Pfeiffer! Es sei denn, Sie haben sich nach dem Home Office an die Langhaarfrisur gewöhnt ...

HANS Nein, nein. Ich werde definitiv den ersten Termin nehmen, den ich kriegen kann. Danke.

FRISEURIN 1 *(aus dem Lautsprecher)* Wunderbar! Dann auf ein baldiges Wiedersehen und alles Gute für Sie beide.

ANNE Dankeschön.

HANS Ihnen auch viel Gesundheit.

FRISEURIN 1 *(aus dem Lautsprecher)* Danke. Auf Wiedersehen.

FRISEURIN 2 *(aus dem Lautsprecher)* Wiedersehen!

HANS Auf Wiedersehen. *(legt auf)* Hoffentlich dürfen die bald wieder öffnen. Wenn mir die Haare ins Gesicht fallen, kriege ich die Krise!

ANNE Siehst du?! Kurze Haare sind viel praktischer! Vielleicht sollte ich mir mal wieder einen Long Bob schneiden lassen. Dann geht das Duschen auch schneller ...

HANS Och ... Deine schönen Haare?

ANNE Ach! Nur, weil ich eine Frau bin, soll ich also lange Haare tragen oder was?

HANS Na ja ... Es sieht eben schön aus. Und für die Hochzeit ...

ANNE Ja, ja. Für die Hochsteckfrisur lasse ich sie noch lang. Aber danach könnte ich mir eine Kurzhaar-Frisur gönnen.

HANS Wenn's sein muss ...

Plötzlich ertönt hinter der Wohnungstür lautes Geschrei von links aus der Nachbarwohnung.

ANNE Du meine Güte, was ist da denn los?

HANS Scheint so, als wäre der Freundin unseres Nachbarn aufgefallen, dass es keinen Balkon gibt, von dem sie sich stürzen könnte, wenn er ihr zu sehr auf die Nerven geht.

Das Geschrei von links wird lauter; Lärm von fliegenden Kochtöpfen, zerspringendem Geschirr usw.

ANNE Wenn das so weitergeht, ruft die Nachbarin von unten die Polizei – wegen Ruhestörung.

HANS Wenn das *so* weitergeht, rufe ich gleich die Polizei – wegen Verdachts auf häusliche Gewalt. Immerhin hatten die gesagt, dass das momentan zunimmt, wo die Leute zu Hause bleiben müssen …

Geschrei und Lärm nähern sich dem Höhepunkt. Schließlich erklingt ein letzter, sehr lauter und schriller Schrei. Dann herrscht plötzliche Stille.

ANNE Meinst du, sie haben sich jetzt eingekriegt?

HANS Klang eher so, als würde er sie abmurksen …

ANNE Vielleicht sollten wir wirklich die Polizei rufen …

Erneut Geräusche von links. Dieses Mal schnelle Schritte, welche eine Treppe hochkommen, dann viele Schritte im Hausflur vor der Wohnungstür.

HANS Scheint so, als wäre die alte Dame von unten uns zuvorgekommen …

***Anne** springt auf, läuft eilig zur Wohnungstür und öffnet sie einen spaltweit, um in den Flur gucken zu können. **Hans** bleibt* *unschlüssig sitzen und lauscht auf das Geschehen im Hausflur. Durch die offene Tür sind die Geräusche von draußen nun deutlicher zu hören. Schwere Schritte machen vor der Tür des gegenüberliegenden Nachbarn Halt.*

HANS *(leise)* Siehst du was?

ANNE *(zu ihm gewannt)* Polizei. *(guckt wieder durch den Türspalt)*

POLIZIST 1 *(von links aus dem Off)* Aufmachen! Polizei! Öffnen Sie sofort die Tür.

Hans *hadert kurz mit sich, steht dann aber auch auf und läuft leise zur Tür, um **Anne** über die Schulter zu gucken.*

POLIZIST 2 *(von links aus dem Off)* Hier spricht die Polizei! Öffnen Sie umgehend Ihre Wohnungstür.

Türgeräusche aus dem Hausflur. Dann wieder Schritte und ein großes Durcheinander an Stimmen. Es sind Sätze wie „Hey!" und „Was wollen Sie von mir?" zu hören.

POLIZIST 1 *(von links aus dem Off)* Wo ist Ihre Freundin?

POLIZIST 2 *(von links aus dem Off)* Würden Sie uns bitte in Ihre Wohnung hineinlassen?

POLIZIST 1 *(von links aus dem Off)* Ihre Nachbarn haben sich über Lärm und einen lauten Streit beschwert. Also frage ich Sie nun zum letzten Mal: wo ist Ihre Freundin?

Kurze Stille. Dann erneut hektische Schritte, nun weglaufend, sofort gefolgt von vielen schweren Schritten.

POLIZIST 1 *(laut von links aus dem Off)* Hey! Stehenbleiben!

POLIZIST 2 *(von links aus dem Off)* Wo wollen Sie denn hin?

Laute Schritte, Stimmengewirr. Dann entfernen sich die Geräusche, bis die Nachbarstür zugeschlagen wird.

Stille.

ANNE Glaubst du wirklich, er hat sie …?

HANS Ich hoffe nicht …

Herannahendes Sirenengeräusch von draußen. Dann wieder eilige Schritte im Treppenhaus, Türenknallen, Stimmengewirr.

ANNE Oh Gott! Hoffentlich ist sie noch nicht …

Plötzliche Stille im Treppenhaus und in der Nachbarwohnung.

POLIZIST 1 *(leise von links aus dem Off)* Ich verhafte Sie hiermit für den Mord an Ihrer Freundin …

ANNE Oh nein! *(schlägt sich die Hand vor den Mund und weicht von der Tür zurück)* Oh mein Gott!

HANS *(schließt die Wohnungstür)* Das hätte ich nicht erwartet …

ANNE Wie schrecklich! *(schluchzend)* Die arme Frau!

HANS *(nimmt Anne in den Arm)* Ich fasse es einfach nicht …

ANNE Häusliche Gewalt ist ja schon schlimm genug – aber Mord?!

HANS Ich kann's kaum glauben. Unser Nachbar war zwar immer schon ein Arschloch, aber sowas … hätte ich ihm nicht zugetraut … Unglaublich!

ANNE Wie können Leute bloß zu so etwas fähig sein??

Vorhang.

5. Mord

Gleicher Ort, gleiches Wohnzimmer. Die vertrockneten Rosen liegen verstreut auf dem chaotischen Glastisch. Servietten, Papier und Wäsche stapeln sich ebenfalls darauf. Auf dem Boden liegt überall Wäsche herum. Die Stühle des Tisches sind mit verschiedenen Sachen (Wäsche, Bücher, Papier, Müll) belegt. Nur die Sessel sind noch frei. Die Zimmerpflanze steht tot und verwahrlost in ihrer Ecke, die Gießkanne ist verschwunden.

***Anne** kommt mit dem Telefon in der Hand aus dem Nebenzimmer gelaufen. Sie trägt eine Jogginghose und einen weißen BH. Ihre Haare sind nass und zerzaust.*

ANNE   *(laut ins Telefon)* Was soll das heißen? … Natürlich lese ich Zeitung! Aber … Da stand nicht … Im Internet? … Nein! Man kann ja auch nicht alles lesen. Es grassieren sowieso tausend Gerüchte und Falschmeldungen! Jeder ist plötzlich ein Experte und … Hm? … Aber das kann doch nicht wahr sein! Nur die Trauzeugen? … Gibt es keine Ausnahmeregelungen für Hochzeiten? Ich meine, Sie können doch nicht erwarten, dass ich ohne meine Eltern heirate! … Aber … Dürfte denn wenigstens meine Mutter mitreinkommen …? … Och, auf eine Person mehr oder weniger kommt es … Wie? … Ich bitte Sie! Wie soll ich das meinen Eltern erklären?! Meine Mutter wird ausrasten und … Was? … Ja, aber können Sie denn kein Auge zudrücken? … Also steht das jetzt endgültig fest: vier Personen und ein Standesbeamter … Oh man! … Hm? … Nein, ich weiß nicht, ob mein Verlobter … Ich werde Sie nachher nochmal anrufen … Ja … Wir werden den Termin vermutlich trotzdem … Ich rufe später nochmal an! Danke. Tschüss. *(legt auf und starrt ins Leere)* Das kann alles nicht wahr sein …

Anne schmeißt wütend das Telefon auf einen der Wäschehaufen und stößt einen frustrierten Schrei aus. Dann sinkt sie schluchzend zu Boden und sitzt verloren zwischen den kleinen Hügeln dreckiger Wäsche.

ANNE   *(mit erstickter Stimme)* Ich will das alles nicht mehr! Hat die Menschheit wirklich so ein schlechtes Karma aufgebaut, dass wir so ein Virus verdient haben? Oder ist das die natürliche Selektion? Will die Evolution mal wieder so richtig aufräumen auf der Erde? Ist das der Weg der Natur, die Überbevölkerung und Umweltzerstörung zu bekämpfen? Haben wir uns das alles selbst zuzuschreiben? Ist das der Preis für unsere Ignoranz und Raffgier? Unser bescheuertes Wirtschaftswachstum? Wir sollten uns vielleicht echt mal wieder auf die wichtigen Dinge im Leben konzentrieren … Nächstenliebe … Mitgefühl … Die sogenannte zivilisierte Gesellschaft müsste vielleicht die Prioritäten wieder etwas anders setzen. Und Hans auch. Er war viel zu sehr auf die Arbeit konzentriert. Erst jetzt im Home Office hat er sich wieder Zeit für andere Sachen genommen: mich, Bücher, Musik … Und dennoch … Musste dieses Virus sich so schnell ausbreiten?! Ich will doch einfach nur meine Traumhochzeit und Flitterwochen – ganz weit weg! Dieses verdammte Virus … Vielleicht ist Selbstmord gar nicht so abwegig …

Hans kommt verschlafen von rechts aus einem der Nebenräume. Er trägt einen grauen Schlafanzug. Als er Anne auf dem Boden sitzen sieht, bleibt er verwundert stehen.

HANS   *(gähnend)* Was machst du denn da?
ANNE   Verzweifeln! Was sonst? Es bleibt einem ja gar nichts anderes mehr übrig … Alles ist *scheiße*!

HANS Öhm … Okay … Ich weiß, dass es schwer ist, solange hier drinnen zu sein …

ANNE Eingesperrt!

HANS Na ja … Es gibt noch keine komplette Ausgangssperre wie in anderen Ländern. Es wird nur geraten, wenn möglich Zuhause zu bleiben, um das Infektionsrisiko …

ANNE … zu minimieren – ich weiß! Aber wir sprechen hier von unserer Hochzeit, verdammt nochmal! Ich will meine Hochzeit! *(bricht erneut in Tränen aus)*

HANS Die wirst du doch auch bekommen. Vielleicht nicht unbedingt so, wie wir sie uns vorgestellt hatten, aber immerhin … In anderen Ländern haben die Standesämter ganz geschlossen. Und selbst in einigen Bundesländern ist das Heiraten verboten …

ANNE Ja und hier auch bald, wenn das so weitergeht! Ich habe gerade mit dem Standesamt telefoniert: es dürfen nur wir und die Trauzeugen rein – sonst niemand!

HANS Nicht einmal unsere Eltern?

ANNE Keiner! Niemand! Nobody! Nur vier Personen, zusätzlich zum Standesbeamten. Also außer uns nur zwei. Und da wir eine Trauung mit Trauzeugen ausgewählt haben … Oh Gott, wie soll ich das meiner Mutter beibringen??

HANS Oh shit! Meine Mutter … die wird ausrasten …

Beide starren verzweifelt ins Leere. Einige Minuten vergehen. Dann schreckt das gedämpfte Klingeln des Telefons sie aus ihrer bangen Stille heraus.

Hans *blickt sich verwirrt um, entdeckt dann das Telefon im Wäschehaufen und geht ran.*

HANS Ja bitte? … Oh! *(entsetzt)* Mutter! *(lässt sich in einen der Sessel fallen)* Was für ein Zufall, dass du … Was? … Du hast im Fernsehen … Oh. *(schlägt sich eine Hand vor die*

Stirn) Oh … Ja … Öhm … Ja, wir haben es auch gerade erst erfahren … Hm? … Nein, Anne hat schon mit dem Standesamt telefoniert. Da ist wohl nichts zu machen … Nein, es ist eine feste Verordnung. Das Standesamt selber hat da keinen Einfluss drauf … Mutter! Es ist eine feste Regel! … Nein, ich werde da nicht nochmal anrufen! … Was? … Untersteh dich! … Das wäre absolut … Mutter? Hallo? Hallo! *(starrt ungläubig auf den Hörer und legt dann auf)*

ANNE   Und?

HANS   Wie erwartet … Sie ist ausgerastet … Hat einfach aufgelegt.

ANNE   Wie jetzt? Einfach so? Ist sie beleidigt?

HANS   Schlimmer! Sie ist stocksauer. Sie hat gesagt, dass sie beim Standesamt anrufen will …

ANNE   Oh nein! Bitte nicht!

HANS   Ich habe versucht, es ihr auszureden, aber sie wollte nicht auf mich hören … *(schüttelt den Kopf)* Hat einfach aufgelegt …

ANNE   Aber … das ist doch … Wenn sie den Standesbeamten nun ständig auf die Nerven geht, lassen die uns am Ende gar nicht mehr heiraten! Gott, wie peinlich …

HANS   Tut mir leid. Meine Mutter hatte schon immer einen Hang zum Melodramatischen …

ANNE   Kenne ich. Das wird bei meiner nicht viel besser werden. Am besten bringe ich es direkt hinter mich, bevor sie es von deiner Mutter erfährt …

HANS   Da hast du wohl recht. *(reicht ihr das Telefon)* Aber … möchtest du dir nichts überziehen? Ist dir nicht kalt?

ANNE   Hm? *(schaut an sich herab)* Oh. Doch, das wäre … *(greift sich ein schlabberiges T-Shirt mit ‚Peace'-Zeichen von einem der Stühle)* Mal schauen, ob ich den Frieden tatsächlich wahren kann. Doch ich befürchte, es wird eher Krieg geben …

HANS   Viel Glück. *(lässt sich zurück in den Sessel fallen)*

ANNE   Danke. Das werde ich brauchen! *(wählt, lehnt sich gegen den Sessel und wartet)* Oh, hallo Mutter. Gut, dass ich dich direkt erreiche … Es geht um Folgendes … Öhm, wie soll ich sagen? Ich habe mit dem Standesamt telefoniert und … Was? … Nein, es ist noch offen. Die Trauung darf stattfinden. Allerdings mit der Einschränkung, dass außer dem Brautpaar und der Standesbeamtin nur zwei zusätzliche Personen mit rein dürfen … Ja, zwei … Ja … Nein … Nein! Warte. Du verstehst mich nicht … Wir haben doch Trauzeugen! Damit sind wir bereits … Hm? … Nein, wir werden nicht auf die Trauzeugen verzichten! Das wäre ja noch schöner! Ich lasse mir von so einem blöden Virus … Was? … Och, Mutter! Ich bitte dich … Ich finde es auch total bescheuert! Aber das ändert nichts an den Fakten … Wir alle müssen uns an die Regeln halten … Hm? … Nein, die können keine Ausnahme machen, nur weil … Mutter! Nur weil du den Bürgermeister kennst … Das heißt noch lange nicht, dass … Was? … WAS? … Nein! … Nein, du wirst nicht den Bürgermeister … Das wird vom Land oder Bund oder so vorgegeben, also… Hallo? … Mutter? … Mutter! …

HANS   Auch aufgelegt?

ANNE   *(legt entgeistert auf)* Das glaube ich einfach nicht! Sie will tatsächlich den Bürgermeister anrufen …

HANS   Oh man! Das ist ja fast schlimmer, als bei meiner Mutter. Die beiden sind wirklich peinlich!

ANNE   Das ist einfach … unglaublich …

HANS   Ich glaube, jetzt weiß ich, wie der Nachbar sich gefühlt hat. Manchmal würde ich meine Mutter auch gerne erwürgen.

ANNE   *(entsetzt)* Hans!

HANS   Na, ist doch wahr! Sie und deine Mutter benehmen sich unmöglich! Als ginge es nur um sie – dabei ist es *unsere*

Hochzeit! Da sollten verdammt nochmal *unsere* Wünsche zählen und nicht ihre!

ANNE   Ach, wenn es nach unseren *Wünschen* ginge … dann gäbe es das Virus nicht … die Verordnungen wären aufgehoben – hätten nie existiert – und wir könnten ganz in Ruhe heiraten und feiern …

HANS   Tja … Wenn das Leben ein Wunschkonzert wäre …

ANNE   … dann hätte ich es gerne als „Genesis"-Konzert.

HANS   „Die Ärzte" wären mir lieber.

ANNE   Und wenn *ich* etwas umbringen würde, wäre es das Virus!

HANS   Gute Idee! Damit wäre vielen Menschen geholfen …

ANNE   … und wir könnten heiraten!

Das Telefon klingelt.

ANNE   *(genervt)* Och nö.

HANS   Sag bloß, unsere Mütter sind schon fertig mit ihrer Telefonoffensive …

ANNE   Willst du? *(hält ihm das Telefon hin)*

HANS   Nicht wirklich. *(nimmt widerwillig das Telefon und guckt auf das Display)* Die Nummer kenne ich gar nicht …

ANNE   Vielleicht sollten wir es einfach klingeln lassen.

HANS   Und wenn es wichtig ist? *(nimmt ab)* Hallo? … Ja, Hans Pfeiffer hier … Oh. Ja. Guten Tag … Ja, meine Verlobte hatte … Öhm … Ja, ich befürchte, das war meine Mutter. Es tut uns schrecklich leid, wir konnten sie nicht davon abhalten … Hm? … Nein … Nein, es wird nicht wieder vorkommen. Wir werden dafür sorgen, dass … Ja … Tut uns leid … Nein, wir können verstehen, dass Sie da nichts ändern können … Ja, den Termin wollen wir trotzdem wahrnehmen … Ja … Danke. Und nochmals … Ja. Tschüss. *(legt auf)* Oh man! Wie peinlich!

ANNE   Deine Mutter hat also wirklich dort angerufen?

HANS   Ja. Und sie war wohl nicht gerade freundlich ... Zumindest klang die Standesbeamtin etwas ungehalten und meinte, wir sollten unsere Eltern bitten, von weiteren ‚hysterischen' Anrufen abzusehen.

ANNE   Leichter gesagt, als getan.

HANS   Das kannst du laut sagen!

Das Telefon klingelt.

HANS   Oh je. Das wird Mutti sein ... *(guckt auf die Nummer, seufzt und geht ran)* Ja ...? ... Mutter ... Mutter, nun beruhige dich doch ... Bitte! ... Mutter, die arme Frau kann auch nichts dafür ... Wir haben uns alle dieses Virus nicht ausgesucht ... Mutter! Ich bitte dich! Die Standesbeamtin hat sich schon über dich beschwert! Nun mach nicht alles schlimmer, als es ohnehin schon ist ... Hier geht es nicht um dich! Es ist *meine* Hochzeit. Anne und ich stehen im Mittelpunkt – nicht du! ... Was ist los? ... Ach, nun hör mir doch auf ... Das ist lächerlich, Mutter! ... Nein, das werde ich mir *nicht* anhören ... Nein, ich lege jetzt auf! Und DU wirst dich hüten, nochmal beim Standesamt anzurufen! *(legt wütend auf)* Die Frau macht mich wahnsinnig! Am liebsten würde ich sie ...

Das Telefon klingelt.

HANS   *(laut)* Ich glaub's nicht!

ANNE   Ich mache das. Gib mal her. *(nimmt Hans das Telefon ab und geht ran)* Liselotte, jetzt hör mir mal ... Oh! ... Mutter! Das ist ... Öhm ... Nein, wir hatten eben mit Liselotte ... Was ist los? ... Du hast WAS? ... Ich fasse es nicht! Du bist wirklich unmöglich! Weißt du eigentlich, wie peinlich das ist?? ... Nein, es geht hier nicht um ... Nein! Es geht ums Prinzip! Du kannst nicht einfach in meinem Namen irgendwelche ... Wie stehe ich denn jetzt da? ... Du bist echt ... Hm? Was? ... Er hat JA gesagt??! ... Das ... Also das glaube ich jetzt nicht ... Willst du mich verarschen? ... Nein, ich rede so wie ich das will! ... Er hat also tatsächlich gesagt, dass er beim Landkreis anruft? ... Aber die Hochzeit ist übermorgen! Wie soll denn da ...? ... Hm? ... Ausnahmeregelung, ich bitte dich! Nur weil du den Bürgermeister kennst, bist du lange keine Adelige oder so! Du spielst dich auf wie ... Was? ... Danke sagen?? Wofür soll ich ‚danke' sagen? Du hast mich zum Gespött der Öffentlichkeit gemacht! Wenn einer davon hört ... Ist mir egal, ob dabei etwas rumkommt! Es war unmöglich von dir, über meinen Kopf hinweg ... Ja, dann bin ich eben ein undankbares Gör! Bitte sehr! *(legt wütend auf und schmeißt das Telefon weg)* Blöde Kuh!

HANS So schlimm?

ANNE Sie hat ernsthaft verlangt, dass ich mich bei ihr bedanke! Dabei wollte ich doch gar nicht, dass sie den Bürgermeister anruft! Und ob bei der Sache etwas Vernünftiges rauskommt ... ich weiß nicht ...

HANS Hat der Bürgermeister echt zugestimmt, beim Landkreis nach einer Ausnahme zu fragen?

ANNE Anscheinend ... Keine Ahnung, wie sie ihn dazu überredet hat ... Vielleicht wollte er auch nur seine Ruhe haben – was absolut verständlich wäre! Manchmal könnte ich diese Ego-Schrulle einfach in die Luft jagen ...

HANS Aha! Wer stößt jetzt hier Morddrohungen aus?

ANNE Ach, das ist doch nicht ernst gemeint ...

HANS Ich weiß. Aber ich kann dich gut verstehen. Vielleicht sollten wir einfach miteinander durchbrennen, heimlich heiraten und unsere Mütter hinter uns lassen ...

ANNE Da würde ich nicht mal nein sagen ... Aber das könnte mit dem aktuellen Reiseverbot etwas schwierig werden ...

HANS   Oh. Stimmt. Verdammt … Das hatte ich verdrängt …

ANNE   Wenn doch nur dieses blöde Virus nicht wäre …

HANS   … dann hätten wir sowieso deutlich weniger Probleme …

ANNE   … und Sorgen …

HANS   … und Verordnungen. Wenn ich jetzt daran denke, wie ich mich über die Hochzeitstraditionen und die große Feierplanung aufgeregt habe … Nun hätte ich nichts dagegen. Das Umplanen und Diskutieren ist deutlich anstrengender …

ANNE   Und diese Ungewissheit! Nicht mal zu wissen, ob man heiraten darf … Schrecklich! Das macht mich alles völlig fertig. Ich könnte die Flitterwochen jetzt echt gut gebrauchen!

HANS   Oh ja! Am Strand liegen … nichts tun … Keine Sorgen und nervigen Mütter …

ANNE   Ein Traum!

Das Telefon klingelt.

HANS   Und hier kommt der Albtraum …

ANNE   *(nimmt seufzend ab)* Ja? … *(setzt sich aufrecht hin)* Oh, Herr Bürgermeister … Das ist … Ja, meine Mutter kann sehr … Tut mir wirklich leid … Das kann ich verstehen … Oh! Wirklich? … Aha … Bis wann denn? … Ach … Aha. Tja … Vielen Dank für Ihre Bemühungen. Das ist ja unglaublich. Ich meine … Ja … Nein, natürlich ist das keine Garantie, aber immerhin … Ja … Vielen Dank … Das werde ich … Ja … Dankeschön. Ihnen ebenfalls … Wiederhören. *(legt auf und starrt verblüfft auf das Telefon)*

HANS   War das der Bürgermeister?

ANNE   Ja.

HANS   Und was hat er gesagt?

ANNE   Der Landrat will es sich wohl überlegen.

HANS Echt jetzt?

ANNE Tja, anscheinend hat meine Mutter ziemlich Druck gemacht. Hat sich nicht abwimmeln lassen und irgendwas von Wählerstimmen gefaselt. Er meinte, sie könne einem manchmal beinahe unheimlich werden ...

HANS Das kann ich bestätigen.

ANNE Ist dir vielleicht mal ein Stück Torte umgekippt, dass du so eine anstrengende Schwiegermutter bekommst?

HANS Gut möglich ...

ANNE Jedenfalls meinte er, es könne durchaus bis morgen dauern. Er würde sich dann bei uns melden, wenn eine Entscheidung getroffen sei.

HANS Bis morgen? Das ist echt schnell!

ANNE Ja, das war eher Zufall. Er hat sowieso noch eine Telefonkonferenz mit dem Landrat und da will er die potenzielle Ausnahmeregelung wohl ansprechen.

HANS Und deine Mutter?

ANNE Was ist mit ihr?

HANS Na ja ... weiß sie schon von ihrem Teil-Erfolg?

ANNE Ich befürchte es. Er wollte sie auf jeden Fall informieren. Vermutlich ruft sie gleich bei uns an und versucht, mir ein ‚Dankeschön' zu entlocken ...

HANS Vielleicht sollten wir einfach das Telefon abschalten.

ANNE Oh ja! Allerdings könnte uns dann der Bürgermeister auch nicht mehr erreichen ... Oder das Standesamt ...

HANS Wollten die sich auch nochmal melden?

ANNE Nur, falls sich an den Verordnungen etwas ändert oder sie ganz schließen müssen – was hoffentlich nicht passieren wird ...

HANS Du willst also auf alle Fälle heiraten? Auch ohne deine Eltern? Nur mit Trauzeugen?

ANNE Ja. Immerhin heirate ich dich – nicht die Anderen.

HANS Hm. Klingt plausibel ...

Das Telefon klingelt.

ANNE Oh weh. Das ist bestimmt … *(guckt aufs Display)* Mutter. Na toll … *(geht ran)* Hallo Mutter … Ja, ich habe es schon gehört … Der Bürgermeister höchstpersönlich hat sich bei mir gemeldet … Nein, das ist … Als Ehre würde ich das jetzt nicht unbedingt … Ach, Mutter! Ich bitte dich … Es steht gar nichts fest! Der Landrat könnte immer noch nein sagen … Ja, ja … Ich weiß … Ja, toll gemacht … Aber jetzt hör bitte auf, dich in meine Angelegenheiten einzumischen … Nein, es sind *meine* Angelegenheiten! Es ist immerhin *meine* Hochzeit … Ja, ich fände es auch schön, wenn ihr dabei sein könntet. Aber wenn es nicht möglich wäre, würde ich trotzdem heiraten … Ja, wir wollen den Termin auf jeden Fall beibehalten … Och, Mutter! Ihr könnt bei der kirchlichen Trauung dabei sein, wenn dieser ganze Corona-Scheiß endlich vorbei ist. Dann holen wir die große Feier nach und … Du wirst mich ja auf den Fotos sehen … Nein, ich glaube nicht, dass die es gutheißen, wenn ihr vor dem Standesamt auf uns wartet. Immerhin soll man nur zum Einkaufen und Arbeiten rausgehen … Was? … Nein … Nein, auf keinen Fall! … Hm? … Der Fotograf? … Nein, ich glaube nicht … Ja, ich kann ihn anrufen … Ja doch! … Ja … Okay, bis später. Ciao! *(legt auf)* Die raubt mir echt die Nerven, die Frau! Was denkt die sich eigentlich?

HANS Wieso sollst du denn beim Fotografen anrufen?

ANNE Weil Mutter bestätigt haben will, dass der momentan auch nicht arbeiten darf. Sonst – und ich zitiere – „bestünde ja die Chance, dass es wenigstens gute Fotos gäbe"! Als wäre das das Wichtigste an dem Tag!

HANS Und sie wollen uns vor dem Standesamt in Empfang nehmen?

ANNE Ja. Das sowieso. Keine Ahnung, wie ich ihr das ausreden soll. Immerhin ließ sie sich davon abbringen, Reis zu schmeißen. Das ist schließlich verboten – zumindest vor dem Rathaus. Und unsere Nachbarn wären sicherlich genauso wenig begeistert, wenn sie es hier vor der Wohnungstür machen würden. Dann hätten wir demnächst wieder Tauben und Ratten hier …

HANS Och nö.

ANNE Genau! Also werde ich ihr das weiterhin ausreden müssen. Aber erstmal rufe ich jetzt den Fotografen an. *(wählt und wartet)* Ja, hallo. Bin ich da bei …? … Ja, genau. Anne Richter hier. Ich wollte nachfragen … Genau … Wegen der Hochzeit, richtig … Hm … Ja … Das hatte ich mir bereits gedacht … Aber die Hoffnung stirbt zuletzt, richtig? … Und wenn Sie nur vor dem Standesamt …? Mit Mundschutz und Sicherheitsabstand … Ach so … Gar nicht raus … Nur privat … Okay … Tja, dann lässt sich das eben nicht ändern … Unsere Trauzeugen können ja Fotos machen … Ja … Doch, die Feier werden wir nachholen. Samt der kirchlichen Trauung … Genau. Dann können wir Sie ja informieren … Gut … Danke. Ihnen ebenfalls. Auf Wiedersehen. *(legt auf)*

HANS Keine Fotos?

ANNE Keine Fotos. Auch Fotografen werden dazu angehalten, alle Aufträge abzusagen und zuhause zu bleiben. Nur Privatpersonen, die sowieso dabei sind – also unsere Trauzeugen – könnten Fotos machen.

HANS Stimmt … *(leise)* Thomas ja leider nicht mehr … *(lauter)* Na ja, viel zu fotografieren gibt es sowieso nicht … bei unserer minimalistischen Trauung. Die wirklich wichtigen Bilder kommen dann bei der großen Feier …

ANNE Genau. Das denke ich auch. Da können wir wenigstens vorher zum Friseur und in den Kosmetiksalon gehen! So, wie ich jetzt aussehe, möchte ich sowieso keine

Nahaufnahmen von mir haben. Nur meine Mutter wird das wieder anders sehen ...

HANS   Willst du sie jetzt anrufen?

ANNE   Wollen eigentlich nicht ... aber je schneller ich es hinter mich bringe ...

Das Telefon klingelt.

ANNE   Da ist aber jemand ungeduldig! *(nimmt ab)* Ja? ... Oh, hallo Melanie ... Wie? Was hast du im Internet ...? Ach so, ja ... Ja, wir haben sogar schon mit dem Standesamt telefoniert. Da lässt sich wohl kaum etwas machen. Aber ihr Trauzeugen dürft ja mit rein, also ... Ja, genau. Vier Personen. Von daher ... Ja ... Du kannst wie geplant herkommen und mir helfen ... Haare machen, schminken und so ... Ja, ich weiß. Hans wird sich dann eben woanders aufhalten müssen ... Er kann ja im Wohnzimmer ... Ja, genau ... Gute Idee. Dann kann er als Erster zum Standesamt fahren ... Mit seinem Trauzeugen, Horst. Der nimmt ihn mit ... Ja, das werde ich ihm ausrichten ... Okay. Bis dann. Ciao! *(legt auf)* Liebe Grüße von Melanie.

HANS   Danke. Was wollte sie denn?

ANNE   Wissen, ob die Hochzeit überhaupt stattfindet. Und nachfragen, wie wir sicherstellen, dass du mich im Brautkleid erst beim Standesamt siehst.

HANS   Oh. Das hatte ich schon wieder vergessen ...

ANNE   Ich auch. Aber das kriegen wir hin. Du gehst eben als Erster ins Bad und kannst danach hier im Wohnzimmer sein, während wir mich im Schlafzimmer und Badezimmer fertigmachen. Und Horst wollte dich ja zum Standesamt bringen, oder?

HANS   Ja, das war so geplant ... Wenn er nicht stattdessen mit deinem Bruder durchbrennt ... *(lacht leise)*

ANNE Wieso? Sind die beiden tatsächlich zusammengekommen?

HANS Nein, bisher nicht. Horst scheint doch eher hetero zu sein.

ANNE Gut. Dann könnt ihr zwei etwas früher losfahren und beim Standesamt auf uns warten. Wir kommen dann in Melanies Auto nach.

HANS Wenn du meinst …

Das Telefon klingelt.

HANS Also bald kann ich's nicht mehr hören!

ANNE Nach der Hochzeit schalten wir das Telefon ab! *(geht ran)* Ja bitte? … Oh, Mutter … Nein, ich habe dich nicht vergessen. Nur habe ich auch so genug zu tun, ohne dass du mich ständig nervst. Also … Was? … Doch, du gehst mir langsam auf die Nerven. Jedenfalls … Hm? … Wieso?? Da fragst du noch?!! … Ach, jetzt hör doch auf mit der Mitleidsnummer … Jedenfalls habe ich beim Fotografen angerufen und er darf nicht kommen – weder zum Standesamt noch zu einer privaten Feier, wobei Letzteres ja sowieso schon verboten wurde … Wie? … Nein, wir werden nicht … Du kannst dich nicht über alle Verordnungen hinwegsetzen! *(springt auf und läuft aufgebracht um die Wäschehaufen herum)* Weißt du, wie viel Strafe man zahlen muss, wenn die einen bei so einer Feier erwischen?? … Oh doch! Die Alte, die unter uns wohnt, würde sicherlich die Polizei holen … Ich mache mir schon Sorgen, dass sie sich beschweren könnte, weil Melanie ja kommt und mir ins Kleid … Hm? … Das hatten wir doch schon diskutiert! … Melanie hilft mir ins Kleid, macht das Make-up und die Haare – basta! … Da gibt es gar nichts … Wieso regst du dich denn wieder so auf? … Doch, du darfst an meiner Hochzeit teilhaben. Wir haben immerhin das Brautkleid zusammen ausgesucht und bei der großen Feier und kirchlichen Trauung bist du dann ja live dabei. Von mir aus kannst du … Ja, dann darfst du mir ins Kleid helfen … Natürlich … Hm? … Ach so, ja. Melanie und Horst werden Fotos machen … Mit dem Smartphone, womit denn sonst? … Ach, das ist doch Quatsch! Wir sind zu viert vor dem Standesamt. Wer braucht da ein Gruppenfoto?! Von ‚Gruppe' kann sowieso kaum die Rede sein. Und bei der großen Feier wird es sicherlich genügend Fotos geben … Nein … Nein, ich will nicht, dass ihr zum Standesamt kommt! … Nein … Auch nicht hierher. Denk an die Nachbarn! Wenn da einer die Polizei holt … Mutter! Es ist *verboten*! Was verstehst du daran nicht?? Auch du musst dich an solche Regeln halten. Immerhin dienen sie dem Schutz der gesamten Bevölkerung … Übertrieben? DU übertreibst doch selber ständig. Du hättest Politiker werden können … Keine Ahnung … Wir können bloß hoffen, dass die Infektionswelle dadurch eingedämmt wird und wir hier von diesem Virus verschont bleiben … Nein, Mutter. Wirklich nicht. Keine Feier. Erst wenn das Besuchsverbot gelockert wird … Nachfeiern geht immer … Nein, ich will darüber nicht diskutieren. Es ist meine Hochzeit, nicht deine! Schluss, aus, Ende … Ciao! *(legt auf und lässt sich in den zweiten Sessel fallen)* Bin ich froh, wenn das alles endlich vorbei ist!

HANS Nicht gerade das, was man über seine Hochzeit sagen sollte.

ANNE Ich weiß. Aber ich kann das alles nicht mehr … Diese ständige Streiterei … diese Ungewissheit … das zuhause bleiben … Ich will nur noch heiraten und dann meine Ruhe haben!

HANS Na ja, der Urlaubsantrag für die Flitterwochen ließ sich ja leider sowieso nicht mehr verschieben. Von daher können wir uns hier eine schöne, ruhige Zeit zusammen machen. Ohne Telefon!

ANNE Klingt gut. Ruhe wäre schön …

HANS Vielleicht kommt ja irgendwann sogar wieder Fußball im Fernsehen …

ANNE Fußball? Wieso sollten die Fußball erlauben, wenn wir normalen Bürger kaum vor die Tür dürfen? Von Sicherheitsabstand kann dabei ja wohl kaum die Rede sein, wenn die sich über den Platz rempeln. Und mit Mundschutz werden die sicherlich nicht spielen – da bekämen sie gar nicht genug Luft.

HANS Na ja … Sie könnten ja ein paar alte Spiele übertragen … Fußball-Klassiker sozusagen …

ANNE So wie die paar Siege vom 1. FC Köln?

HANS Jeder Sieg zählt! Außerdem könnten sie die WM-Siege von Deutschland übertragen …

ANNE Wer guckt sich das denn ein zweites Mal an?

HANS Verzweifelte Ehemänner, die Zuhause sitzen und sich langweilen?

ANNE Noch bist du kein Ehemann! Und von Langeweile kann leider nicht die Rede sein …

HANS Siehst du? Da wäre ein schönes Fußballspiel zur Entspannung doch eine gute Ablenkung.

ANNE Ich kann mir Schöneres vorstellen. Ein Entspannungsbad zum Beispiel – ohne, dass jemand anruft und rummeckert!

HANS Soll ich den Telefondienst übernehmen, während du badest?

ANNE Das ist lieb … aber ich könnte mich jetzt nicht entspannen. Der Bürgermeister könnte ja nochmal anrufen. Und die Diskussionen mit meiner Mutter will ich dir eigentlich auch nicht antun …

HANS Sie wird immerhin bald meine Schwiegermutter sein. Da kann ich mich schon mal an die Konfrontationen gewöhnen.

ANNE Pass bloß auf. Sie kann echt gemein werden, wenn sie sauer ist. Eine richtige Psycho-Tante ist das!

HANS Hm. So kam sie mir bisher gar nicht vor …

ANNE Ihr wahres Gesicht zeigt sie eben erst jetzt, wo du schon fast zur Familie gehörst.

HANS Will sie mich abschrecken?

ANNE Keine Ahnung. Vielleicht will sie mich einfach fertig machen, weil sie mich für undankbar hält ...

HANS Du hast sie ja aber nicht gebeten, den Bürgermeister anzurufen.

ANNE Ha! Erklär das mal einer Zuhause eingesperrten, notorischen Rechthaberin auf Ego-Kurs ...

Das Telefon klingelt.

ANNE Apropos ... *(nimmt ab)* Ja? ... Ach, Herr Bürgermeister ... Das ging aber schnell! ... Wie bitte? ... Ach was! ... Das sind ja ... Also damit hatte ich gar nicht gerechnet. Das ist wirklich ... Hm? ... Oh! ... Oh ... Nur eine? ... Aber ... Ja, ich weiß ... Keine weiteren Ausnahmen ... Hm ... Ja, da haben Sie recht ... Nein, das verstehe ich ... Absolut ... Vielen Dank ... Tja, dann ... Das wünsche ich Ihnen auch. Dankeschön ... Ja ... Danke ... Tschüss. *(legt auf)*

HANS Du solltest dich am Telefon übrigens nicht immer mit ‚Ja‘ melden. Wenn das irgendwelche Halunken sind, die deine Stimme für ihre Betrügereien aufnehmen, brauchen sie nur noch deinen Namen und können dir dann alles in den Mund legen, was sie wollen.

ANNE Der Landrat hat die Ausnahme bewilligt.

HANS Was??

ANNE Der Landrat ...

HANS Das habe ich gehört. Aber nicht verstanden. Ich meine ... *Wieso?* Und was genau bedeutet das?

ANNE Meine Mutter hat anscheinend all ihre Beziehungen spielen lassen. Und die reichen bis zur Bundesebene. Auf jeden Fall gestatten sie uns eine weitere Person für die Trauung.

HANS   Eine? Nur eine?

ANNE   Ja. Nur eine …

Betretenes Schweigen.

HANS   Deine oder meine Mutter?

ANNE   Tja, das ist die große Frage …

HANS   Eigentlich müssten wir deine Mutter nehmen. Immerhin hat sie diese Sache überhaupt erwirkt …

ANNE   … über unsere Köpfe hinweg!

HANS   Ja, das schon. Aber es ist trotzdem ihr Erfolg – wenn man es als solchen bezeichnen kann …

ANNE   Erfolg? Eine Katastrophe ist das! *Eine* Person? Das ist schlimmer als zu viert! Wie sollen wir denn unseren Müttern erklären, dass nur *eine* von ihnen mitdarf? Deine Mutter würde uns hassen, wenn wir meine nehmen! Das würde sie uns nie verzeihen …

HANS   Und umgekehrt vermutlich genauso.

ANNE   Ha! Davon kannst du aber ausgehen! Meine Mutter würde ausrasten, wenn wir Liselotte bevorzugen. Immerhin wird sie es als ihren Sieg verbuchen, dass der Landrat sie mit reinlässt.

HANS   Und wenn wir meiner Mutter gar nicht erst davon erzählen?

ANNE   Wie? Du meinst, wir sollen deinen Eltern verschweigen, dass meine Mutter mit zum Standesamt darf?

HANS   Wieso nicht? Was sie nicht wissen, kann sie auch nicht aufregen, richtig?

ANNE   Das schon. Aber da hast du die Rechnung ohne meine Mutter gemacht. Die wird nämlich bis zu ihrem Lebensende damit angeben, wie *sie* und ihre *tollen*

Beziehungen es geschafft haben, sich einen Weg in das Standesamt zu ermogeln – all den Pandemie-Verordnungen zum Trotz.

HANS Und wenn wir ihr sagen, dass sie nur mitdarf, wenn sie die Klappe hält?

ANNE Das wird sie sich nicht vorschreiben lassen. Dafür ist sie zu stur – und stolz.

HANS Na toll: Und was sollen wir nun machen?

ANNE Keine Ahnung ... Verzweifeln? Ins Bett gehen und nie wieder unter der Decke hervorkommen? Das Telefon verbrennen? Abhauen?

HANS Gerne! Nur wohin? Das Reiseverbot wird uns nicht weit kommen lassen.

ANNE Jedenfalls nicht weit genug, um unseren rachsüchtigen Müttern zu entfliehen.

HANS Dann vielleicht doch unter der Bettdecke verstecken?

Es klingelt an der Wohnungstür.

HANS Auch das noch! Reicht es nicht, dass das Telefon ständig klingelt und nervt?!

ANNE Wer soll das überhaupt sein? Besuche sind verboten und der Paketbote legt ja neuerdings alles vor die Tür ...

HANS Vielleicht ein Nachbar, der sich über das ständige Klingeln des Telefons beschweren möchte.

__Hans__ steht auf und öffnet mit etwas Geruckel die Wohnungstür. __Liselotte__ und __Frank__ stürmen ins Wohnzimmer, beide mit buntem Mundschutz und ernster Miene. __Hans__ starrt sie entgeistert an und schließt dann, mit einem Blick auf den Hausflur, hastig die Tür.

HANS   Seid ihr wahnsinnig? Wollt ihr, dass die Nachbarn uns anzeigen? Wieso ruft ihr nicht an, wie andere Leute auch?

LISELOTTE Begrüßt du so deine Mutti?

FRANK Dein Benehmen lässt zu wünschen übrig, mein Sohn!

HANS   Könntet ihr bitte beim Thema bleiben?

LISELOTTE Nein. Du solltest dich lieber unserem Thema anschließen. Wir sind immerhin nicht ohne Grund hier.

HANS   *(laut)* Das will ich doch schwer hoffen!

FRANK Nun beruhige dich, Junge! Wenn die Nachbarn dich hören, wird es nicht gerade besser.

HANS   Ach! *Jetzt* machst du dir Sorgen um die Nachbarn??

Anne starrt entgeistert zwischen den Streitenden hin und her. Hans steht immer noch an der Tür, während Liselotte entsetzt das Chaos betrachtet, bevor sie Anne bemerkt.

LISELOTTE Oh. Hallo Anne.

ANNE   Öhm … Hallo.

HANS   *(ungeduldig)* Was wollt ihr denn nun?

LISELOTTE Euch zur Vernunft bringen!

ANNE   Wie bitte?

LISELOTTE Es ist doch völlig absurd, unter den momentanen Umständen heiraten zu wollen. Die Trauung wäre eine Farce – ohne Gäste und Feier! So habt ihr euch eure Hochzeit wohl kaum vorgestellt, oder?

ANNE   Das nicht gerade … Aber das ändert nichts an der aktuellen Lage. Keiner hat sich das Virus ausgesucht …

LISELOTTE Mag sein. Doch ihr könnt euch den Termin aussuchen! Wenn ihr das Ganze verschiebt, könnt ihr die große Feier wie geplant mit allen Gästen durchführen. Standesamt und Kirche direkt hintereinander, so wie wir es vorhatten.

ANNE Aber wieso sollten wir uns das Heiraten nehmen lassen? Im Leben kommt es immer anders, als man plant und denkt.

HANS Außerdem war mir diese ganze Sache sowieso von Anfang an zu stressig geplant. *(geht zu Anne und lehnt sich gegen den Sessel)* Standesamt und Kirche – wieso alles an einem Tag? Wenn wir jetzt standesamtlich heiraten, können wir die kirchliche Trauung später mit euch allen viel entspannter genießen und den Tag etwas lockerer gestalten. Es muss doch nicht immer alles auf einmal sein.

LISELOTTE Dein Vater und ich hatten auch beides an einem Tag. Und es hat wunderbar funktioniert. Nicht wahr, Frank?

FRANK Oh ja. Es war toll.

HANS Wer's glaubt! Ihr habt oft erzählt, wie viel Stress ihr hattet, damit alles genau gepasst hat.

LISELOTTE Ein bisschen Aufregung gehört eben dazu.

HANS Stress und Aufregung sind zwei sehr unterschiedliche Dinge, Mutti!

LISELOTTE Ja, ja. Jedenfalls wollen wir euch bitten, die Sache zu verschieben, damit wir alle später daran teilhaben können. Denn ihr könnt mir nicht erzählen, dass ihr es *schön* findet, ohne eure Eltern zu heiraten!

ANNE Natürlich wäre es schöner mit euch. Aber die Umstände sind nun mal so, wie sie sind. Da können wir nichts dran ändern. Das Virus lässt sich nicht durch unsere Wünsche beeinflussen.

LISELOTTE Aber Anne! Denk doch an deine Mutter! Die will bestimmt auch gerne dabei sein!

ANNE *(leise)* Und wie …

LISELOTTE Na, siehst du! Es wäre einfach ungerecht, wenn uns Müttern dieser große Tag in eurem Leben vorenthalten bliebe. Und Frank wäre selbstverständlich ebenfalls gerne dabei! Also wartet doch, bis diese Pandemie-Krise vorbei ist. Irgendwann wird sich dieses Virus verziehen und dann können wir alle gemeinsam feiern.

ANNE Nachfeiern können wir sowieso alle zusammen, ob wir nun jetzt heiraten oder nicht.

LISELOTTE Aber wir wollen doch auch im Standesamt dabei sein, wenn ich euch das Ja-Wort gebt!

FRANK Genau.

HANS Wir werden uns in der Kirche genauso das Ja-Wort geben. Das könnt ihr alles live miterleben. Deshalb werden wir uns nicht unsere Hochzeit verbieten lassen. Wir haben uns dieses Datum immerhin nicht umsonst ausgesucht. Das ist *unser* Tag – unsere Entscheidung!

LISELOTTE Was ist denn an dem Datum so besonders? Ist übermorgen nicht der 14.?

HANS Ganz genau. Und Anne und ich haben uns an einem 14. kennengelernt. Außerdem fällt sogar Valentinstag auf einen 14. – somit sollte ich mir das ganz gut merken können.

LISELOTTE Aber es wird auch nach der Pandemie noch einen 14. geben, an dem ihr heiraten könnt …

HANS Wir wollen aber *den!*

LISELOTTE Nun sei nicht albern, Hans. Du klingst wie ein bockiges Kind!

FRANK Hast du deine Manieren im Home Office völlig abgelegt?

HANS Das hier ist meine Wohnung und da lasse ich mir von euch nicht vorschreiben, wie ich zu reden oder wann ich zu heiraten habe. Die Hochzeit wird übermorgen stattfinden! Ende der Diskussion!

FRANK Nun werd mal nicht gleich so frech …

Es klingelt an der Wohnungstür.

LISELOTTE Oh. Erwartet ihr jemanden?

HANS   Nein! Natürlich nicht. Es herrscht Besuchsverbot – was im
       Übrigen auch für euch gilt!

LISELOTTE   Aber ich bin deine Mutti!

HANS   Ja … *(leise)* … leider.

*Hans geht zur Wohnungstür und öffnet sie mit etwas Gewalt. Herein kommen **Hannelore** und **Dieter**, beide mit einfarbigem Mundschutz und eleganten Regenmänteln.*

ANNE   Mutter! Vater! Was macht ihr denn hier?

HANS   Jetzt reicht's aber wirklich! *(schlägt die Tür zu)* Sind wir
       hier im Irrenhaus?

HANNELORE Begrüßt du so deine zukünftige Schwiegermutter??

DIETER Wurden dir etwa keine Manieren beigebracht?

HANS   Das ist *meine* Wohnung und ich benehme mich hier, wie
       ich will! Besonders dann, wenn ständig unangekündigte
       Leute auftauchen und mir bald die Nachbarn – oder die
       Polizei – auf den Hals hetzen.

HANNELORE Wir sind doch keine ‚Leute' – wir sind deine
       zukünftigen Schwiegereltern! Zumindest wenn du lernst,
       dich zu benehmen …

DIETER Und wer wird denn gleich von Polizei sprechen?

ANNE   Die Nachbarin von unten zum Beispiel! Die kennt da keine
       Gnade. Vermutlich hängt sie schon am Telefon.

*Hannelore sieht **Liselotte**.*

HANNELORE Ach, aber *deine* Eltern dürfen hier sein, oder was?

HANS   Nein! Die waren ebenfalls unangekündigt und wollten
       deshalb gerade wieder gehen.

LISELOTTE   Was wollten wir?

FRANK   Wie sprichst du denn mit uns?

DIETER Wirklich keine guten Manieren …

HANS Ruhe! Alle raus hier! Aber sofort!

LISELOTTE Kommt gar nicht in Frage. Wir waren noch nicht fertig!

HANNELORE Und *wir* haben nicht einmal angefangen!

ANNE Wieso seid ihr überhaupt hier?

HANNELORE Na, um meinen Sieg zu feiern!

LISELOTTE Was denn für einen Sieg? Hast du etwa auch versucht, die beiden dazu zu überreden, den Termin zu verschieben?

HANNELORE Das auch – ohne Erfolg.

LISELOTTE Aber welchen Sieg willst du dann feiern?

ANNE Oh nein! *(springt auf und stellt sich zwischen die beiden Mütter)* Nein! Kein weiteres Wort, Mutter!

DIETER Wie sprichst du mit uns, mein Kind?

FRANK Wie war das mit den fehlenden Manieren?

HANNELORE Ich lasse mir nicht den Mund verbieten!

ANNE Oh doch! Hier schon. Das ist mein Zuhause und ich verlange, dass du jetzt gehst. Ihr alle!

DIETER Na, hör mal!

LISELOTTE Anne! Was ist bloß in dich gefahren?

FRANK So kenne ich dich gar nicht …

HANNELORE Ich wollte doch nur erzählen, dass ich es geschafft habe, zu erwirken, dass …

ANNE NEIN!

Es klingelt an der Wohnungstür.

LISELOTTE Wer kommt denn jetzt noch?

HANS Das will ich gar nicht wissen! *(reißt die Tür auf)* Wir kaufen nichts!

*Hans hält entgeistert inne und wird sogleich mit einem Regen aus Blumen überworfen. Während er verblüfft dasteht, tritt **Pastor Hubert** mit den beiden Blumenmädchen, **Bibi** und **Bianca**, in den Eingangsbereich und schließt die Tür hinter sich. Keiner von ihnen trägt einen Mundschutz.*

HANS   *(kopfschüttelnd)* Ich werd verrückt …

ANNE   Herr Pastor!

HANNELORE Hubert!

DIETER Was machen Sie denn hier?

BIBI   Überraschung! *(wirft Blumen in Annes Richtung)*

BIANCA Für das Brautpaar! *(wirft Blumen ins Wohnzimmer)*

HANS   Würde mir bitte mal jemand erklären, was hier los ist? Sind wir nun zur Durchgangsstation geworden? Habe ich etwas verpasst? Wurde das Besuchsverbot aufgehoben? Ist die Krise vorbei? Oder sind nur alle völlig durchgeknallt??

PASTOR Weshalb denn so hitzig, mein Sohn? Die Mädchen und ich wollten Ihnen nur eine kleine Freude bereiten. In Zeiten der Entbehrung und Belastung wollen wir den Funken der Hoffnung in die Welt tragen.

HANS   Wohl eher Blumen …

BIBI   Blumen für die Braut! *(wirft Anne Blumen zu)*

BIANCA Blumen für die Liebe! *(wirft Blumen auf die Sessel)*

HANS   Was soll das Ganze??

PASTOR Eigentlich wollte ich nur kurz bei Ihnen vorbeischauen und Ihnen Trost zusprechen. Der Papst hat uns dazu angeregt, in diesen schweren Zeiten bei denen zu sein, die besonders in Not sind …

HANS   Ach was!

ANNE   Wir sind in Not?

HANS   Aber sollte der Kontakt zu Leuten außerhalb der eigenen Wohngemeinschaft nicht *reduziert* werden? Meinte der Papst vielleicht eher geistigen Beistand? Beten oder so?

PASTOR Nein, nein. Zwar ist auch geistige Unterstützung wichtig, doch gerade der direkte Zuspruch durch einen Diener Gottes kann viel Trost und Kraft spenden. Das Wort des Herrn wird uns durch diese Krise leiten.

HANS Ich dachte, dafür sei der Gesundheitsminister zuständig.

ANNE Aber wieso sind wir denn nun in Not?

PASTOR Das Eheversprechen ist eine wichtige Angelegenheit im Leben eines jeden Menschen. Und wenn gerade diese Bejahung gegenseitiger Treue in solchen Zeiten versagt bleibt … Ich fühle mit Ihnen. Und keine Sorge: Gott wird Sie leiten. Das Licht wird zurückkehren in unsere Welt, die Hoffnung wird die Herzen heilen und dann werden Sie beide in der Ehe vereint.

HANS Aber die Hochzeit fällt ja gar nicht aus.

PASTOR Ach was!

ANNE Genau. Die Trauung im Standesamt wird übermorgen stattfinden. Nur die kirchliche Hochzeit müssen wir eben später nachholen.

PASTOR Nur? Nachholen? Das Wort vor Gott ist das Einzige, was zählt! Erst dann werden sie vor dem Herrn als Mann und Frau in der Ehe vereint sein.

HANS Finden Sie diese Ansicht nicht etwas überholt?

PASTOR Ich muss doch sehr bitten!

HANS Es ist schon ein wenig altmodisch, die standesamtliche Trauung nicht anzuerkennen. Wir leben hier immerhin im 21. Jahrhundert.

PASTOR Altmodisch?! Pass auf, was du sagst, mein Sohn! Blasphemie ist sündhaft und wirft kein gutes Licht auf Eure zukünftige Ehe.

BIBI Apropos ‚wirft‘: Blumen für das Brautpaar! *(wirft Blumen)*

BIANCA Blumen für die Ehe! *(wirft Blumen)*

ANNE Und wieso genau haben sie die Blumenmädchen mitgebracht?

PASTOR Die habe ich zufällig draußen auf dem Bürgersteig beim Spielen gesehen. Völlig unbeaufsichtigt! Stellen Sie sich das vor! Mit den Eltern werde ich nochmal ein ernstes Wörtchen reden ...

ANNE Draußen? Ich dachte, auch die Kinder sollen drinnen bleiben. Ist das nicht der Grund für die Verzweiflung vieler Eltern, die nur wenig Platz und keinen Garten haben?

PASTOR Durchaus. Doch Kinder einzusperren – ohne Licht, ohne frische Luft – das wäre grausam. Kinder müssen sich bewegen, sich ertüchtigen. Dennoch sollte natürlich die Aufsichtspflicht gewahrt werden. *(wirft den Mädchen einen strengen Blick zu)*

HANS Dürfen *Sie* die beiden denn überhaupt alleine beaufsichtigen? Ich dachte, es gäbe da so eine neue Regelung, dass nur *zwei* Geistliche gemeinsam minderjährige Kinder betreuen dürfen ...

PASTOR Wollen Sie mich etwa der Kindesmisshandlung bezichtigen?

HANNELORE Skandalös!

LISELOTTE Hans!!

HANS So meinte ich das gar nicht. Aber, soweit ich weiß, ist es eine feste Regel, dass nur zwei Geistliche ...

PASTOR Und wie soll das in Zeiten der Not und des – von Ihnen so sehr geliebten – Sicherheitsabstandes gewährleistet werden? Ich müsste ja von meinem Kollegen auch Abstand halten ... Und von den Kindern ...

HANS Ach, das geht nicht, oder wie? Dann setzen wir die Regeln mal eben schnell wieder außer Kraft, was? Und da haben Sie die beiden einfach zu uns mitgebracht. Sollen wir sie jetzt beaufsichtigen?

PASTOR Ich dachte mir nur, dass es Ihnen vielleicht eine Freude bereitet, wenn Sie als kleinen Trost ein paar Blumen bekommen. Zwar ein bisschen früh, aber das sollte kein schlechtes Omen sein. Die weißen Blumen für die Hochzeit werden ja anders aussehen.

HANS Und was ist mit der Mundschutz-Pflicht? Sind Geistliche davon ausgenommen?

PASTOR Wie sollen wir denn Trost spenden, wenn wir von unseren Nächsten getrennt sind?

HANS Ein Mundschutz ist nun wahrlich keine Trennung!

PASTOR Ich kann doch das Wort Gottes nicht mit einem Tuch vor dem Mund verbreiten!

HANS Gibt es keinen Mundschutz mit kirchlichem Aufdruck? Schwarz mit weißem Kreuz vielleicht?

PASTOR Worte des Trostes sollten nicht durch ein Stück Stoff verschleiert werden.

HANS Ach! Stehen Sie etwa über dem Gesetz? Verbreiten Sie keine Aerosole? Oder sind Sie durch Ihre göttliche Erhabenheit immun gegen das Virus?

PASTOR Unverschämtheit!

LISELOTTE Hans!

DIETER Also wirklich!

PASTOR Was erlauben Sie sich eigentlich?

HANS Das Gleiche könnte ich Sie fragen. Einfach ungefragt in meine Wohnung zu spazieren – ohne Mundschutz – und dann auch noch diese zwei jungen Mädchen hier einer gesundheitlichen Gefahr auszusetzen! Was die Eltern der beiden wohl *dazu* sagen werden …

PASTOR Die scheinen sich ja nicht einmal für die Aufsichtspflicht zu interessieren.

HANS Und *Sie* sich anscheinend nicht für die Mundschutz-Pflicht. Oder den Sicherheitsabstand. Oder das Besuchsverbot.

PASTOR Ich bin ein Mann der Kirche!

HANS Und ich bin ein Mann des gesunden Menschenverstandes! Deshalb muss ich Sie nun bitten zu gehen. Sonst hetzen die Nachbarn uns gleich die Polizei auf den Hals.

PASTOR Also wirklich! So ein dreistes Benehmen! Das mit der kirchlichen Trauung überlege ich mir bei Ihnen nochmal!

HANNELORE Oh nein!

LISELOTTE Bitte nicht!

DIETER Er meint es nicht so.

LISELOTTE Er ist sonst ein guter Christ.

PASTOR Mag sein. Aber solche Vorwürfe lasse ich mir nicht bieten! Was heißt hier überhaupt ‚gesundheitliche Gefahr'? Ist denn einer von Ihnen positiv getestet worden?

LISELOTTE Um Gottes Willen, nein!

HANNELORE Wir sind kerngesund!

ANNE Ich bin ja die ganze Zeit zuhause. Wo soll ich mich da anstecken?

HANS Und ich gehe nur zum Einkaufen raus – natürlich mit Mundschutz und anschließendem, gründlichen Händewaschen.

PASTOR Und Sicherheitsabstand, nehme ich an.

HANS Selbstverständlich! Körperlicher Abstand bedeutet soziale Nähe. Denn damit versuche ich schließlich, meine Mitmenschen zu schützen.

PASTOR Wovor denn, wenn Sie gar nicht krank sind?

HANS Vor einer möglichen Viren-Verbreitung. Man weiß nie, was auf dem Griff des Einkaufswagens so alles herumwimmelt. Nicht jeder Laden füllt regelmäßig das Desinfektionsmittel oder die Einmalhandschuhe nach.

FRANK Wie denn auch, wenn es Engpässe beim Nachschub gibt? Schutzartikel sind Mangelware – wie das Toilettenpapier noch vor einer Woche.

DIETER Wenigstens da gibt es jetzt Nachschub!

PASTOR Aber was ist mit Nächstenliebe? Dieses ganze ‚social distancing' treibt die Menschen doch auseinander. Alle verlieren sich in den Medien und digitalen Kontakten. Dabei wird völlig die Nähe zum Nächsten vergessen.

Soziale Kontakte sollten von Mensch zu Mensch stattfinden dürfen – nicht durchs Telefon.

HANS In Zeiten wie diesen, wo ein gefährliches Virus herumgeht, sollten wir uns darauf besinnen, dass wir den Anderen unsere Fürsorge zeigen können, indem wir sie mit gesundem Abstand vor einer möglichen Ausbreitung des Virus schützen. Es wird nicht umsonst von einer Pandemie gesprochen. Diese Sache hat globale Ausmaße! Da kann nicht einfach jeder machen, was er will. Das Allgemeinwohl zählt! Wir müssen die besonders anfälligen Patienten schützen – die Leute mit Vorerkrankungen und Lungenproblemen.

PASTOR Wir können Ihnen Trost spenden, indem wir Gottes Wort in die Welt hinaustragen.

HANS Zuhause bleiben ist aktuell eher angesagt. Gottes Wort verbreitet sich auch über das Fernsehen und die Bibel. Dafür muss nicht jeder Geistliche als potenzieller Virenüberträger in der Weltgeschichte rumlaufen.

PASTOR Wie bitte??

HANS Vielleicht ist es an der Zeit, dass die Leute sich wieder auf ihren eigenen Glauben besinnen und selbst mit Gott ins Gespräch gehen, statt immer nur den Predigten anderer zu lauschen.

PASTOR Also bei *Ihnen* wage ich schwer zu bezweifeln, dass überhaupt noch eine Beziehung zu Gott besteht! Wann haben Sie denn das letzte Mal gebetet?

HANS Vor einer Minute. Und zwar, dass nun alle gehen und mich in Ruhe lassen mögen!

PASTOR So eine bodenlose Frechheit! Das grenzt an Blasphemie!

HANS Ich befinde mich gerade gefühlt eher an der Grenze zum Wahnsinn …

PASTOR Das glaube ich auch! Sie sollten dringend beichten, mein Sohn! Vertrauen Sie sich Gott an. Seine schützende Hand wird Ihnen den Weg aus der Finsternis weisen.

HANS   Momentan würde es mir reichen, wenn er Ihnen den Weg aus meiner Wohnung weisen könnte …

PASTOR Frechheit! Das lasse ich mir nicht länger bieten! Bibi, Bianca – wir gehen. Ich muss noch mit euren Eltern sprechen. *(wendet sich ab)*

BIBI   Blumen für die Braut! *(wirft die letzten Blumen)*

BIANCA Blumen für den Bräutigam! *(wirft die letzten Blumen)*

PASTOR Möge der Frieden wieder in dieses Haus einkehren und die Vernunft ihren Weg zu Ihnen finden. *(bekreuzigt sich)*

Pastor Hubert *verlässt mit den beiden* ***Blumenmädchen*** *die Wohnung und knallt die Wohnungstür hinter sich zu. Schweigen.*

LISELOTTE   Also ich empfand das als eine nette Geste.

HANNELORE Ich auch.

HANS   Eine Gesundheitsgefährdung und Gesetzeswidrigkeit war das! Eine Frechheit!

ANNE   Das muss ich alles wieder aufsaugen …

HANNELORE Einen gründlichen Hausputz könnte dieses Chaos hier sowieso vertragen.

ANNE   Mutter!

HANNELORE Ist doch wahr! Du lässt dich gehen.

ANNE   Ich bitte dich!

LISELOTTE   Du auch Hans!

HANS   Ich könnte einen Hausputz vertragen?

LISELOTTE   Nein, du lässt dich gehen! Wie du aussiehst! Diese Zottelmähne und die Bartstoppeln … Soll das vielleicht modern sein?

HANS   Nein, das ist mein gemütlicher Ich-bin-vernünftig-und-bleibe-zuhause-Look! Solltest du dir auch mal zulegen. Dann kommst du nicht in Versuchung, ständig andere Leute zu besuchen.

LISELOTTE So, wie du jetzt aussiehst, würde ich mich auf jeden Fall nicht vor die Tür wagen!

HANS Siehst du? Hilft beim zuhause bleiben! Und ist gemütlich. Außerdem hat sowieso kein Friseur auf. Was sollte ich also mit meinen Haaren machen?

LISELOTTE Habt ihr denn keinen elektrischen Haarschneider oder Rasierer für so etwas?

HANS Der Rasierer für den Bart reicht mir.

DIETER Der scheint keineswegs zu reichen – so wie du aussiehst!

LISELOTTE Wie ein Holzfäller …

HANS Ich darf in meiner Wohnung so aussehen, wie ich will!

LISELOTTE Für die Hochzeit machst du dich aber schick, oder?

DIETER Oder für Videokonferenzen?

HANS Ja, ja …

LISELOTTE Wenn ihr die Hochzeit einfach verschieben würdet, könntest du davor auch nochmal zum Friseur gehen.

HANS Hier wird gar nichts verschoben!

HANNELORE Um nochmal auf meinen Sieg zu sprechen zu kommen …

ANNE Nicht jetzt, Mutter!

LISELOTTE Welcher Sieg denn nun?

DIETER Gibt's etwa schon wieder Fußball?

FRANK Leider nicht.

HANNELORE Ich spreche ja auch von *meinem* Sieg.

ANNE Nein, darüber wirst du hier gar nicht sprechen!

DIETER Wie redest du schon wieder mit deiner Mutter?

ANNE Es wäre jetzt wirklich das Beste, wenn ihr alle gehen würdet! Allerdings besser nacheinander – wegen des Sicherheitsabstandes und so … Und damit die Nachbarn nicht auf euch aufmerksam werden.

HANNELORE Willst du uns etwa rausschmeißen?! Ich bin deine Mutter!!

LISELOTTE Und ich deine zukünftige Schwieger*mutter*! Allerdings
überlege ich mir das vielleicht lieber nochmal, wenn du
immer so mit deinen Gästen umgehst …

HANS Ach, Mutti! Nun sei nicht albern. Anne hat recht! Ihr solltet
jetzt wirklich alle gehen.

LISELOTTE Wirfst du uns nun raus?

DIETER Was herrscht in diesem Haushalt bloß für ein Benehmen?

FRANK Das Home Office scheint euch beiden nicht gut zu tun …

ANNE Wir möchten jetzt einfach unsere Ruhe haben. Ist das so
schwer zu verstehen? Die ganze Pandemie-Sache bringt
schon genügend Stress in unseren Alltag! Da brauchen wir
keine zusätzlichen Stressoren …

HANNELORE Ich bin doch kein Stressfaktor! Ich bin deine Mutter!
Und genial noch dazu. Immerhin habe *ich* es geschafft, den
Landrat dazu zu überreden, dass …

ANNE *(panisch)* Nein!

HANNELORE … er uns die Ausnahmeregelung zugesagt hat …

ANNE *(laut)* Sei still, Mutter!

HANNELORE … und eine weitere Person ins Standesamt lässt.

ANNE Na toll! Jetzt ist es raus …

HANS Oh man …

Angespanntes Schweigen. **Hans** *stellt sich hinter* **Annes** *Sessel und
stärkt ihr den Rücken.* **Liselotte** *und* **Frank** *starren* **Hannelore**
*fassungslos an. Diese lächelt triumphierend und guckt
erwartungsvoll in die Runde, ohne die Besorgnis ihrer Tochter zu
bemerken.*

LISELOTTE *(zögernd)* Du hast … also erwirkt, dass … wir mit ins
Standesamt reindürfen? Zur Hochzeit? Übermorgen?

HANNELORE Nicht ganz. Es darf leider nur *eine* weitere Person mit
hinein. Zu mehr ließ sich der Landrat wirklich nicht
erweichen. Aber ich betrachte es dennoch als einen großen
Erfolg meinerseits! Immerhin wollten die sich ziemlich

94

querstellen und nur die Trauzeugen reinlassen. Ich meine, wo sind wir denn dann?

LISELOTTE Moment. Also … Nur *eine* Person – zusätzlich zu Hans, Anne und den Trauzeugen – darf mit ins Standesamt?

HANNELORE Ganz genau.

LISELOTTE Aber … wer wird das denn sein?

HANNELORE Na, ich natürlich! Immerhin war es mein Einsatz, der dies möglich gemacht hat.

*Schweigen. **Anne** klammert sich an **Hans'** Hände, die er ihr auf die Schultern gelegt hat. **Dieter** und **Frank** werfen sich nervöse Blicke zu, während die beiden **Mütter** sich feindselig anstarren.*

LISELOTTE *(zornig)* Das ist ein Scherz, oder??

HANNELORE Keineswegs.

DIETER *(hastig)* Vielleicht sollten wir da erstmal in Ruhe drüber sprechen, Schatz?

HANNELORE Was gibt es da zu besprechen? Ich habe es geschafft, diese Ausnahmeregelung zu erwirken und ICH werde sein, die bei der Trauung dabei ist! Basta!

LISELOTTE Nix basta! ICH will AUCH dabei sein!

HANNELORE Dann musst du eben selbst mal beim Bürgermeister anrufen. *Ich* möchte ihn nicht weiter behelligen.

LISELOTTE Das ist ja wohl die Höhe! *(reißt sich den Mundschutz herunter)* Das ist …

FRANK Beruhige dich, Liebling. Wir sollten nichts überstürzen …

LISELOTTE Du gemeine, hinterhältige, hochnäsige ZIEGE!

HANNELORE Nur weil ich gute Beziehungen habe und sie einzusetzen weiß, heißt das nicht …

LISELOTTE Eingebildete Schnepfe!

HANNELORE Du bist doch nur neidisch!

LISELOTTE Ich?? Neidisch auf DICH?! Ohhh nein! Bestimmt hast du dir all diese ‚Beziehungen' erkauft! Oder dich nach oben durchgeschlafen! Du Politiker-Schlampe!

HANNELORE Frechheit! Unverschämtheit! *(nimmt den Mundschutz ab)* Was erlaubst du dir eigentlich, du minderbemittelte, erbärmliche …

DIETER Schatz! Bitte!

FRANK Liebling, beruhige dich …

LISELOTTE Ich WILL mich aber NICHT BERUHIGEN!

HANNELORE Erbärmlich! Wie du dich aufführst … Peinlich!

LISELOTTE Ich gebe dir gleich peinlich, du aufgedonnerte …

Es klingelt an der Wohnungstür.

HANS Na toll! Jetzt habt ihr es sicherlich geschafft, uns die Nachbarn auf den Hals zu hetzen. Seid ihr jetzt zufrieden?! Verdammt nochmal! Wieso könnt ihr euch nicht *einmal* wie vernünftige Erwachsene benehmen??

Hans eilt zur Wohnungstür, während die beiden Mütter sich weiterhin feindselig anstarren. Hans öffnet die Wohnungstür und tritt erschrocken einen Schritt zurück. Zwei Polizisten betreten mit schwarzem Mundschutz den Eingangsbereich und mustern die Versammelten.

POLIZIST 1 Da hatte Ihre Nachbarin ja gar nicht so Unrecht.

POLIZIST 2 Sie wissen aber schon, dass Hochzeitsfeiern auch im privaten Kreis mittlerweile verboten sind, oder?

HANS Das ist ja gar keine Hochzeitsfeier!

ANNE Wir sind nicht einmal verheiratet!

HANS Die Trauung ist erst übermorgen.

ANNE Und von einer Feier kann hier wahrlich nicht die Rede sein.

POLIZIST 1 Was soll es denn dann sein?

POLIZIST 2 Sieht verdächtig nach einer Zusammenkunft aus. Sie wohnen doch sicherlich nicht alle hier?

DIETER Nicht direkt …

FRANK Nein, eigentlich nicht …

POLIZIST 1 Zusammenkünfte von mehr als vier Personen in der Wohnung oder von Personen außerhalb der eigentlichen Wohngemeinschaft sind momentan auf Grund der Pandemie-Verordnungen untersagt.

HANS Das wissen wir …

ANNE Wir wollten sie ja auch gar nicht hier haben!

HANS Genau! Die sind alle unangekündigt und gegen unseren Willen hier aufgetaucht!

ANNE Wir haben sie schon mehrmals gebeten zu gehen, aber sie widersetzen sich unseren Wünschen.

DIETER Wie sprichst du denn von uns?

POLIZIST 1 Ist das wahr?

POLIZIST 2 Wer sind Sie eigentlich?

DIETER Ich bin Dieter Richter, der Vater dieser frechen, jungen Dame hier, die heute ihre Manieren vergessen zu haben scheint!

HANNELORE Und ich bin ihre Mutter!

POLIZIST 1 Aha. *(zu Frank)* Und Sie?

FRANK Mein Name ist Frank Pfeiffer und ich bin der Vater des Wohnungseigentümers dort. Und das hier ist meine Frau.

LISELOTTE Normalerweise ist Hans nicht so unhöflich. Das müssen Sie entschuldigen …

POLIZIST 1 Das Einzige, was hier zu entschuldigen wäre, ist die ungenehmigte Zusammenkunft von mehreren Familien in einem Haushalt. Und das ohne Mundschutz oder Sicherheitsabstand!

POLIZIST 2 Wirklich sehr fahrlässig von Ihnen. Liegt die Gesundheit der Bevölkerung und der Nachbarn Ihnen denn gar nicht am Herzen?

HANNELORE Aber wir sind doch gesund!

DIETER Genau! Und *ich* trage meinen Mundschutz noch.

LISELOTTE Wir würden nie jemanden anstecken!

FRANK Genau! Und *ich* habe auch meinen Mundschutz auf.

POLIZIST 1 Mag sein. Aber woher wollen Sie wissen, dass Sie das Virus nicht bereits in sich tragen? Immerhin beträgt die Inkubationszeit bis zu zwei Wochen.

POLIZIST 2 Sie könnten bereits ansteckend sein, ohne dass Sie es wissen. Die Symptome treten oft erst recht spät auf – oder sogar gar nicht, wenn Ihr Immunsystem mit dem Virus fertig wird.

HANNELORE Aber das wäre doch gut, oder nicht? Wenn unser Immunsystem stark genug wäre, um das Virus abzuwehren?

POLIZIST 1 Für Sie schon. Aber nicht für die Leute, die Sie anstecken könnten.

POLIZIST 2 Denn ansteckend wären Sie trotzdem.

HANNELORE Oh.

LISELOTTE Ha! Wenn DU krank wirst, dann kann ICH mit zur Trauung!

HANNELORE *(aufbrausend)* ICH gehe mit! Niemand sonst! Es war mein Erfolg! Mein Einsatz!

LISELOTTE Bei all den ‚Beziehungen‘ die du hast, solltest du dich vielleicht lieber erstmal testen lassen. Vielleicht trägst du das Virus schon in dir und darfst gar nicht ins Standesamt!

HANNELORE Wenn *ich* das Virus in mir hätte, müsstet *ihr alle* ebenfalls unter Quarantäne! Immerhin wart ihr mit mir in Kontakt und müsstet dann überwacht werden, falls ihr euch angesteckt hättet. Also dürftest *du* auch nicht ins Standesamt!

LISELOTTE Ich WILL aber!

HANNELORE ICH werde bei der Trauung dabei sein!

POLIZIST 1 Meine Damen, ich bitte Sie. Bleiben Sie ruhig und verlassen Sie in ordentlichem Sicherheitsabstand diese Wohnung. Und mit Mundschutz, bitte!

POLIZISTEN 2 Ansonsten wird das Konsequenzen haben!

LISELOTTE Ich will zur Hochzeit!!!

HANNELORE Dann ruf doch beim Standesamt an!

LISELOTTE Habe ich schon! Aber die wollen ja nicht!

POLIZIST 1 Ich muss Sie jetzt wirklich auffordern zu gehen.

POLIZIST 2 Sonst gibt es eine Geldstrafe – für Sie alle!

HANS Oh nein!

ANNE Bitte nicht!

HANS Mutter, Vater, geht doch einfach!

ANNE Seid vernünftig!

LISELOTTE *(schreit)* ICH WILL ZUR HOCHZEIT!!!

HANNELORE Du benimmst dich wie ein beleidigtes Kleinkind. Absolut peinlich!

LISELOTTE Du EINGEBILDETE Kuh!

POLIZIST 1 Beruhigen Sie sich. *(geht auf Liselotte zu)*

LISELOTTE Frank! Tu doch mal was! Schaff mir diesen Polizisten vom Hals!

FRANK Aber …

LISELOTTE SOFORT!!!

POLIZIST 1 Unterstehen Sie sich …

Frank stellt sich zwischen **Liselotte** und den **Polizisten**.

POLIZIST 1 Jetzt reicht's aber! Sie bekommen alle eine saftige Geldstrafe!

POLIZIST 2 Das ist Behinderung von Beamten im Einsatz. Treten Sie sofort zur Seite. *(geht auf Frank zu)*

FRANK Lassen Sie gefälligst meine Frau in Ruhe!

HANNELORE Das ist doch alles lächerlich …

LISELOTTE DU bist lächerlich! Du bist ERBÄRMLICH!

HANNELORE Im Gegenteil. DU bist erbärmlich! ICH bin erfolgreich, intelligent, reich und werde bei der Hochzeit meiner Tochter dabei sein!

LISELOTTE Oh nein! Das wirst du NICHT! *(schnappt sich die Blumenvase vom Tisch und geht auf Hannelore los)* ICH werde dabei sein!

HANNELORE Aaaaargh! Dieter! Hilf mir!

Hannelore rennt hastig nach rechts davon und verschwindet in einem der Nebenzimmer. Liselotte folgt ihr mit der Vase und geht ebenfalls nach rechts ab. Dieter eilt den beiden hinterher.

LISELOTTE *(aus dem Off)* Hinterlistige Schlange!

HANNELORE *(aus dem Off)* Du bist doch wahnsinnig!

DIETER *(aus dem Off)* Pack die Vase weg!

Das Klirren von Glas ertönt aus der Küche. Nachdem sie den ersten Schock überwunden haben, rennen Anne und Hans ebenfalls hinter ihren Müttern her und verschwinden nach rechts.

ANNE *(aus dem Off)* Mutter!

HANNELORE *(aus dem Off)* Die Frau ist *wahnsinnig!*

HANS *(aus dem Off)* Mutti!

LISELOTTE *(aus dem Off)* Hier! Ich gebe dir wahnsinnig!

Die beiden Polizisten wollen sofort hinterherlaufen, werden jedoch von Frank zurückgehalten.

FRANK Lassen Sie meine Frau in Ruhe!

POLIZIST 1 Seien Sie doch vernünftig!

POLIZIST 2 Lassen Sie uns sofort durch!

FRANK Lassen Sie uns in Ruhe!

*Ein hitziges Handgemenge bricht aus. **Frank** schafft es, die beiden **Polizisten** im Wohnzimmer festzuhalten. Gegenstände wie vertrocknete Rosen und schmutzige Wäsche können als ,Waffen' eingesetzt werden.*

Von rechts aus der Küche dringt unterdessen lautes Geschrei ins Wohnzimmer. Das Scheppern von zerspringendem Geschirr vermischt sich mit den lauten Stimmen.

ANNE *(aus dem Off)* Nein! Mutter!

HANS *(aus dem Off)* Tu das nicht!

HANNELORE *(aus dem Off)* Sie ist wahnsinnig!

LISELOTTE *(aus dem Off)* Ich bin MUTTER!

DIETER *(aus dem Off)* Seid doch vernünftig!

ANNE *(aus dem Off)* Oh Gott!

HANS *(aus dem Off)* Mutti! Leg das Messer weg!

DIETER *(aus dem Off)* Aus dem Weg!

LISELOTTE *(aus dem Off)* Hans! Beschütze mich!

HANS *(aus dem Off)* Lass meine Mutter in Ruhe!

DIETER *(aus dem Off)* Erst soll sie meine Frau in Ruhe lassen!

ANNE *(aus dem Off)* Liselotte! Wirf das Messer weg!

LISELOTTE *(aus dem Off)* Nimm das, du eingebildete Schickimicki-Tussi!

HANNELORE *(aus dem Off)* Aaaaargh!

Hannelore *kommt von rechts aus der Küche ins Wohnzimmer gerannt, dicht gefolgt von **Liselotte**, die mit erhobenem Küchenmesser hinter der Flüchtenden hereilt. Die beiden rennen um den Glastisch herum und schreien sich dabei an.*

Dieter *kommt als Nächster von rechts hereingeeilt, wird jedoch von einem der **Polizisten** aufgehalten und mischt sich in das Handgemenge.*

Hans und Anne kommen als Letzte aus der Küche gerannt, bleiben kurz schockiert stehen, betrachten das Chaos und rennen dann hinter ihren Müttern her. Es beginnt eine wilde Verfolgungsjagd um den Glastisch und die Wäschehaufen, wobei Hans und Anne immer wieder von dem Handgemenge zwischen den Polizisten und Vätern abgelenkt werden. Hans findet unter einem Wäschehaufen die verlorene Gießkanne und versucht, damit Liselotte das Messer aus der Hand zu werfen. Er trifft jedoch stattdessen Hannelore, welche daraufhin verwirrt in Richtung Küche taumelt.

Hannelore nach rechts ab. Liselotte rennt schreiend und mit erhobenem Messer hinterher und verschwindet ebenfalls nach rechts. Hans und Anne folgen so schnell sie können, doch da erklingt aus der Küche bereits ein schriller Schrei.

HANNELORE *(aus dem Off)* Aaaaaargh!

ANNE   *(aus dem Off)* Mutter! NEIN!!!

HANS   *(aus dem Off)* Oh Gott! Mutti! Was hast du getan???

Kurze Stille. Nur die Polizisten und Väter sind zu hören, während sie sich auf dem Boden prügeln.

Hannelore kommt von rechts ins Wohnzimmer getaumelt. Das Küchenmesser steckt tief in ihrer Brust, ihre weiße Bluse ist blutverschmiert, ebenso wie ihre Hände. Sie starrt auf das Blut, gerät ins Stolpern und geht bei der vertrockneten Zimmerpflanze zu Boden.

Anne kommt aus der Küche gerannt, sieht ihre Mutter am Boden und eilt zu ihr. Liselotte schreitet mit triumphierendem Grinsen von rechts ins Wohnzimmer, gefolgt von Hans, der entsetzt im Türrahmen stehenbleibt. Sein Blick ruht auf Anne.

ANNE   *(schluchzend)* Mutter! Halte durch!

HANNELORE Mir wird so kalt …

ANNE Du schaffst das, Mutter! *(in Tränen ausbrechend)* Wir holen Hilfe! *(laut)* HILFE! Ein Arzt! Schnell! Wir brauchen einen Arzt! Hilfe!

*Die **Polizisten** und **Väter** hören auf, sich zu prügeln und betrachten verwirrt das Geschehen. Als **Dieter** seine sterbende Hannelore entdeckt, eilt er sofort zu ihr und kniet sich neben **Anne**.*

***Frank** und die **Polizisten** sind sprachlos.*

DIETER Oh nein! Hanni! Was ist passiert?!

HANNELORE Didi ... Räche mich ... Es war diese ... hinterhältige Schlange ... nur damit sie ... bei der Hochzeit ...

ANNE Du solltest jetzt nicht sprechen, Mutter. *(zu Hans)* Tu doch was! Ruf den Notarzt!!!

HANS *(überfordert)* Was?

ANNE Den Notarzt, verdammt!

HANS Ach so ... Ja ... *(taumelt auf den Glastisch zu und sucht nach dem Telefon)*

POLIZIST 1 Darf ich fragen, was hier gerade vorgefallen ist?

ANNE Nein! Dürfen Sie NICHT! Sie sollen den Notarzt rufen!

POLIZIST 2 Schon dabei. *(zückt sein Diensttelefon und alarmiert den Notarzt)*

HANNELORE Mir wird ... so kalt ... Es ist alles ... so hell ...

DIETER Schatzi! Verlass mich nicht!

ANNE Halte durch, Mutter!

HANNELORE Ich glaube ... ich kann ein Licht sehen ...

ANNE Nein! Nein! Geh nicht ins Licht. Bleib bei uns!

DIETER Was soll ich denn sonst ohne dich machen?

HANNELORE Den ganzen Tag lang Fußball gucken?

DIETER Ausgerechnet jetzt, wo nichts läuft? Es finden doch noch gar keine Spiele statt! Und selbst wenn ... lieber verbringe ich die Zeit mit dir! Ich verspreche dir, ich werde nie wieder ein Fußballspiel unserem Schach-Abend vorziehen.

HANNELORE Mir ist so kalt …

ANNE Halte durch, Mutter! Der Arzt ist schon unterwegs!

HANNELORE Ach, mein Liebling … Ich glaube … ich schaffe es nicht … bis zu deiner Hochzeit … Tut mir leid … Aber ich werde vom Himmel aus zugucken … Dann kann ich auf jeden Fall überall dabei sein …

HANS *(entsetzt)* Auch in der Hochzeitsnacht??

ANNE Oh, Mutter! Du kannst auch so dabei sein! Du darfst doch mit zur Trauung! Du darfst mit ins Standesamt.

LISELOTTE *(schadenfroh)* Tja, das wird wohl nichts.

DIETER *(aufbrausend)* Sei bloß still, *du Wahnsinnige!* Um dich werde ich mich gleich noch kümmern!

FRANK Unstersteh dich! Keiner rührt meine Frau an!

POLIZIST 1 Verstehe ich recht, dass Sie, Frau Pfeiffer, diese Gewalttat verübt haben?

LISELOTTE Gewalttat? Ich habe mir nur mein Recht eingefordert!

DIETER Ich werde auch gleich mal etwas einfordern, wenn du nicht sofort die Klappe hältst, du … du … MÖRDERIN!

HANNELORE Oh … Es wird alles so still …

ANNE Nein! Verlass mich nicht, Mutter! Ich werde dich auch nie wieder anschreien, ich verspreche es. Und ich werde immer ans Telefon gehen, wenn du anrufst … und an meiner Pünktlichkeit arbeiten … und aufräumen …

HANNELORE Es ist alles … so friedlich …

DIETER Bleib bei mir, mein Schatz!

HANNELORE Das Licht …

ANNE Nein! Geh nicht ins Licht! Bleib bei mir!

DIETER Wir brauchen dich!

ANNE Ich will nicht ohne dich heiraten … Du darfst mir auch ins Brautkleid helfen, egal was die Nachbarn denken … und Fotos machen … und Reis werfen …

*Hannelore hört niemanden mehr. Ein zufriedenes Lächeln stiehlt sich auf ihr Gesicht, während sie die Augen schließt. Dann sackt sie in sich zusammen und stirbt in **Dieters** Armen.*

ANNE NEEEEIIIIIN!!!

DIETER Hanni! Meine Hanni … Mein Schätzelein …

ANNE Mutter! *(bricht erneut in Tränen aus)* Oh Mutter! *(lässt ihren Kopf auf den leblosen Körper ihrer Mutter sinken)* Warum? Warum?? Oh Mutter …

*Betretenes Schweigen. Nur **Annes** Schluchzen ist zu hören. **Hans** steht ratlose neben dem Glastisch und starrt ungläubig auf die Szenerie der Trauer. **Liselotte** setzt sich auf einen der Sessel und thront über dem Geschehen, als könne ihr niemand mehr etwas anhaben. **Frank** steht zwischen den beiden **Polizisten**, welche verwirrt zwischen den beiden Müttern hin und her gucken.*

POLIZIST 1 Also … sehe ich das jetzt recht …

ANNE *(mit erstickter Stimme)* Meine Mutter ist tot … Sie ist tot …

DIETER Mein Hannilein … Mein Häschen …

FRANK *(ungläubig)* Lotti-Liebling … Was hast du getan?

LISELOTTE Ich habe mein Recht eingefordert, bei der Hochzeit meines Sohnes dabei sein zu dürfen.

POLIZIST 1 Sie geben also zu, dass Sie gerade Frau Richter ermordet haben?

LISELOTTE So würde ich das nicht sagen. Ich habe sie lediglich zur Vernunft gebracht.

POLIZIST 2 Umgebracht! Sie haben sie *umgebracht*.

ANNE Mörderin!

DIETER Das werde ich nicht ungestraft lassen!

POLIZIST 1 Immer mit der Ruhe, Herr Richter. Das mit der Strafe übernimmt der Richter … also … der richtige Richter …

DIETER Aber ich heiße doch Richter! Und ich bin Anwalt!

POLIZIST 2 Das mag sein. Doch in diesem Fall obliegt es nicht Ihnen, diesen Fall zu übernehmen. Der Strafrichter wird das schon … richten …

DIETER Aber ich will meine Rache haben! Hannis Tod darf nicht ungestraft bleiben! Diese Mörderin muss dafür …

POLIZIST 1 Sie wird bestraft werden, keine Sorge.

POLIZIST 2 Nur nicht von Ihnen. Sonst machen Sie sich ebenfalls schuldig.

LISELOTTE Was heißt denn hier ‚ebenfalls'? Wenn hier einer an etwas Schuld ist, dann doch diese eingebildete Tussi dort! Sie hat immerhin angefangen!

POLIZIST 1 Das mag sein. Doch *Sie* haben die Sache auf viel zu drastische Weise beendet. Mord ist keine Lösung, sondern ein Verbrechen!

POLIZIST 2 Von daher müssen wir Sie nun verhaften, Frau Pfeiffer.

LISELOTTE Wie bitte? Das ist doch lächerlich! Ich kann jetzt nicht ins Gefängnis. Ich muss übermorgen bei der Hochzeit meines Sohnes dabei sein!

POLIZIST 1 Das hätten Sie sich früher überlegen müssen.

POLIZIST 2 Frau Pfeiffer, ich verhafte Sie hiermit für den Mord an Hannelore Richter. Sie haben das Recht zu schweigen. Alles was Sie sagen, kann und wird vor Gericht gegen Sie verwendet werden …

LISELOTTE Aber … das geht doch nicht … Frank! Sag was!

FRANK Ich bin entsetzt, Liebling. Was hast du dir nur dabei gedacht?

LISELOTTE Nein! Nicht *sowas*. Du sollst mir helfen!

FRANK Ich befürchte …

DIETER … dir ist nicht mehr zu helfen!!!

LISELOTTE Aber … die Hochzeit … Ich muss übermorgen zur Trauung meines Sohnes!

POLIZIST 1 Ich bin mir nicht sicher, ob Ihr Sohn unter den gegebenen Umständen überhaupt heiraten möchte …

HANS *(aus seiner Schockstarre hochschreckend)* Was? Nein! Ich meine ... Doch!! Nach allem, was wir für diese Hochzeitsvorbereitungen durchgemacht haben ... nach all dem Stress ... Da werde ich mir jetzt nicht von unseren Müttern die Hochzeit verderben lassen!

ANNE Oh Hans!

Hans eilt zu Anne und schließt sie in seine Arme. Sie drückt sich schluchzend an seine Brust und lässt die Hand ihrer Mutter los, welche sie bis dahin umklammert hielt.

HANS Wir werden heiraten!

LISELOTTE Aber Hans ... Ich muss doch dabei sein ...

HANS Nein, Mutti! Du hast schon genug angerichtet!

LISELOTTE Aber ... mein Hänschen ...

HANS Nenn mich nicht so! Ich bin nicht mehr dein kleiner Junge. Ich bin erwachsen! Und ich habe genug von deiner Schikane! Ich will dich nie wiedersehen – und erst recht nicht bei meiner Hochzeit!

LISELOTTE Oh nein! Sag das nicht, Hans! Ich bin doch deine Mutti!

HANS Nein. Du bist eine egozentrische Mörderin! Eine Psychopathin. Ich will nichts mehr mit dir zu tun haben.

LISELOTTE Aber ... Hans!

HANS RAUS! Raus mit dir! Du bist hier nicht mehr willkommen.

LISELOTTE Aber ich will bei der Hochzeit dabei sein!

POLIZIST 1 Sie haben Ihren Sohn gehört, Frau Pfeiffer.

POLIZSIT 2 Folgen Sie uns bitte. *(legt Liselotte Handschellen an)*

LISELOTTE Nein! *(wehrt sich)* Das lasse ich mir nicht gefallen! *(versucht zu flüchten)* Ich will zur Hochzeit!

POLIZIST 1 Es ist die Hochzeit Ihres Sohnes. Also sollten Sie seine Wünsche respektieren. *(schnappt Liselotte und führt sie ab, wobei sie sich immer noch wehrt)* Wenn Sie uns nun folgen würden …

LISELOTTE Ich will aber nicht! Und wieso sollte ich Hans respektieren, wenn *er* mir so wenig Respekt entgegenbringt?

POLIZIST 1 Weil Sie seinen Respekt momentan nicht mehr verdient haben. Sie haben immerhin seine zukünftige Schwiegermutter kaltblütig ermordet.

LISELOTTE Sie hatte es nicht anders verdient!

DIETER Wie kannst du es wagen?! *(stürzt sich auf Liselotte)*

*Es beginnt erneut ein Handgemenge zwischen **Dieter** und **Polizist 2**, während **Polizist 1** die keifende **Liselotte** abführt und mit ihr nach links durch die Wohnungstür abgeht. **Frank** bleibt ratlos mitten im Raum stehen.*

DIETER Ich mache sie kalt!

POLIZIST 2 Seien Sie vernünftig, Herr Richter! Sie wollen doch Ihre Tochter nicht auch noch Ihres Vaters berauben, indem Sie sich strafbar machen?! Sonst müssen Sie ebenfalls ins Gefängnis …

DIETER Aber sie muss bestraft werden!

POLIZIST 2 Und das wird sie auch. Aber nicht von Ihnen.

ANNE Vater … bitte …

DIETER Aber … Hanni hat gesagt … ich solle sie rächen …

ANNE Sie hätte bestimmt nicht gewollt, dass du ins Gefängnis musst. Das ist Liselotte nicht wert …

DIETER Da hast du wohl recht, mein Schatz. *(lässt vom Polizisten ab und sinkt neben der Leiche seiner Frau auf die Knie)* Vergib mir, Hanni! Liselotte wird noch dafür büßen. Keine Sorge. Sie wird büßen …

POLIZIST 2 Ganz recht. Sie wird ihre Haftstrafe im Gefängnis abbüßen. Also dann … Mein herzliches Beileid …

(verabschiedet sich mit einem Kopfnicken und geht nach links durch die Wohnungstür ab)

FRANK *(leise)* Mein Beileid … Es tut mir leid … *(folgt hastig dem Polizisten und geht nach links ab)*

*Als der **Polizist** abgeht, kommt der Notarzt zur Wohnungstür herein. Er trägt einen weißen Mundschutz mit rotem Kreuz-Aufdruck. Er geht zu **Hannelore**, untersucht sie und schüttelt dann den Kopf.*

NOTARZT Es tut mir sehr leid. Da kann ich nichts mehr machen.

ANNE Oh Mutter! *(bricht in Hans' Armen zusammen)*

DIETER Meine Hanni …

NOTARZT Mein tiefes Mitgefühl … Soll ich den Bestatter für Sie anrufen?

ANNE *(schluchzend)* Oh Gott!

DIETER Das wäre sehr freundlich …

NOTARZT In Ordnung. *(geht wieder zur Wohnungstür und zückt dabei sein Diensttelefon)* Ja, hallo? Wir bräuchten mal wieder … Ja, aber keine Sorge. Sie ist nicht am Virus gestorben … Ja. Die Adresse lautet … *(geht nach links durch die Wohnungstür ab)*

DIETER Oh weh! Hoffentlich fällt der Beerdigungstermin nicht auf euren Hochzeitstag …

HANS So schnell wird das sicherlich nicht gehen. Die Bestattungsunternehmen haben jetzt wegen des Virus ja viel zu tun. Es wird bestimmt eine Weile dauern …

DIETER Da hast du vermutlich recht …

HANS Möchtest du mit zur Trauung kommen? Es wäre für Anne vielleicht ein Trost, wenn nun wenigstens ihr Vater dabei sein könnte …

ANNE *(schluchzend)* Oh Vater!

DIETER Natürlich. Ich werde sehen, dass ich die Vorbereitungen für die Beerdigung wann anders erledige. Am besten spreche ich heute schon mal mit dem Bestatter. Hanni wollte ja gerne eine Erdbestattung …

ANNE *(in Tränen aufgelöst)* Oh Mutter!

HANS Wenn wir dich irgendwie unterstützen können …

DIETER Konzentriert ihr euch mal auf eure Hochzeit. Immerhin habt ihr hart genug dafür gekämpft, dass sie stattfinden kann. Dann sollt ihr sie … na ja … so gut es eben geht genießen können … Sofern das unter den aktuellen Umständen möglich ist …

ANNE *(wimmernd)* Ohhh …

HANS Wir werden unser Bestes geben. Schließlich heißt es ‚in guten wie in schlechten Zeiten' … Und die schlimmste Zeit haben wir jetzt ja hoffentlich schon hinter uns …

DIETER Davon gehe ich aus …

ANNE Oh Hans! Lass uns nach der Hochzeit verschwinden. Einfach weg … weg von hier …

HANS Wir müssen erst abwarten, bis das Reiseverbot aufgehoben ist, mein Schatz.

ANNE Können wir nicht heimlich abhauen?

HANS Aber wohin denn?

ANNE Einfach nur weg hier. Am besten ins Ausland! Ich will diese Wohnung nicht mehr sehen!

HANS Das kann ich sehr gut verstehen …

DIETER Vielleicht können wir euch in unser Ferienhaus auf Malta schmuggeln. Ohne Hanni werde ich da bestimmt nicht so schnell hinreisen …

ANNE Oh Mutter! Oh Vater!

HANS Malta klingt gut. Hauptsache raus hier!

ANNE Oh Hans! Du hast recht. Wir haben die schlechten Zeiten schon überstanden. Nun kann es nur noch besser werden. Übermorgen sind wir endlich verheiratet und dann kann uns nichts mehr trennen.

HANS Nichts. Kein Virus, keine Mütter, kein Stress …
ANNE Nur noch wir zwei …
HANS … sorgenfrei …
ANNE … weit weg von hier …
HANS … mit 'nem kalten Bier …
ANNE … in der Sonne liegen …
HANS … und süße, kleine Kinder kriegen.

Anne und *Hans* *lehnen sich aneinander und starren in die Ferne.*

Dieter *hält seine verstorbene* *Hannelore* *in den Armen und starrt ins Leere.*

Vorhang.

Black.